クライブ・カッスラー
ダーク・カッスラー／著
棚橋志行／訳

●●

コルシカの幻影を打ち破れ（下）

Clive Cussler The Corsican Shadow

扶桑社ミステリー

1698

CLIVE CUSSLER THE CORSICAN SHADOW (Vol.2)
by Dirk Cussler

Japanese translation published by arrangement with
Peter Lampack Agency, Inc.
350 Fifth Avenue, Suite 5300, New York, NY 10118 USA
through Tuttle-Mori Agency, Inc., Tokyo

コルシカの幻影を打ち破れ（下）

登場人物

ダーク・ピット ―――― 国立海中海洋機関(NUMA)長官

アル・ジョルディーノ ―――― NUMA水中技術部長

ハイアラム・イェーガ ―――― NUMAコンピュータ処理センター責任者

ルディ・ガン ―――― NUMA次官

サマー ―――― ピットの娘、海洋生物学者

ダーク・ピット・ジュニア ―――― ピットの息子、海洋技術者

マルセル・デミル ―――― 戦時中のパリ軍事博物館主任学芸員

ブリジット・ファブロー ―――― 〈ルアーブル海洋研究所〉研究員

イヴ・ヴィラール ―――― 〈ラヴェーラ・エクスプロレーション〉CEO

アンリ・ナサル ―――― 〈ラヴェーラ・エクスプロレーション〉保安担当

ホスニ・サマド ―――― ナサルの副官

ジュール・ルブッフ ―――― コルシカ島マフィア

シャルル・ルフベリー ―――― フランス国家警察警部

サン・ジュリアン・パールマター 海洋史研究家

ダリオ・クルス ―――― 合衆国陸軍大尉

第二部（承前）

41

ピットとジョルディーノとブリジットはパリでの夜更かしで目が充血してきたため、ルーアンの近くで車を止め、朝食を取ってコーヒーを飲んだあと、正午前にルアーヴルへたどり着いた。ピットはブリジットの求めに応じ、樹木園の近くにあるアパート前で彼女を降ろした。

「次にいつ会えるかは、まだわからないの」と彼女は言った。「〈研究所〉でいくつか、差し迫った必要があって」

「長引かないよう願っているよ」ジョルディーノが言った。「なにしろおれたちには、居場所を突き止めなくちゃいけない皇帝がいるんだからな」

ブリジットは車を降りてピットを見た。「お子さんたちのこと、心配ですね。私で力になれることがあったら何でも言ってください」

「ありがとう、そうしよう。ではまた（オー・ルヴォワール）」

ブリジットはさよならと手を振り、アパートの二階へ階段を上がっていった。自分の部屋に入ったとき、何かおかしいと感じた。横の寝室のベッドの上にスーツケースのひとつが置かれ、それが開いていた。ここに置いていった覚えはない。そのとき、キッチンから音がした。

書棚から重い真鍮製の燭台をつかみ、廊下をそっと進んだ。息をひそめて角から向こうをのぞく。アンリ・ナサルが食卓の椅子に座ってリンゴを食べていた。

彼が顔を向けて、燭台を見た。「おれのために道を照らしてくれるのか?」

ブリジットは大きく息を吐き出した。「本当にわがままなんだから、ついていけないわ」と彼女は言い、燭台を食卓の上に置いた。「勝手に入られるのが嫌いなの、知っているでしょう」

ナサルは立ち上がって彼女を軽く抱きしめた。彼女は抱擁を返し、情熱的なキスをした。

「朝帰りとは、ずいぶん遅かったな」と彼は言った。

「ナポレオンと約束していたんだけど、すっぽかされてしまってね」彼女はポットでコーヒーを沸かしながら、昨日どんな出来事があったかを説明した。

彼は食卓に座り直した。「きみの友人ダーク・ピットが謎の発見を得意としているのは間違いない。謎解きはそれほど得意でないといいな」

「とりあえず、今、彼には気を散らさざるを得ない状況がある。彼の息子がパリの〈モンスリ地下貯水場〉にテロ攻撃を仕掛けた容疑で身柄を拘束されていて、娘はワイト島から行方がわからなくなっているのよ」

何か反応がないか、彼女はナサルの顔を観察したが、何もなかった。常にポーカーフェースで、黒い目に感情が浮かぶことはない。この男が違法行為に手を染めているのは知っていたが、あれこれ聞きとがめたことはないし、彼のほうから詳しい話をしたこともなかった。いろんな意味で自分にふさわしい相手ではないし、それは重々わかっている。しかし、その魅力は虫を引き寄せる火に似て、呪縛(じゅばく)が解けそうには思えなかった。

「娘は消息を絶っているわけだ」と彼は言った。

「ワイト島の波止場にいた船が引き揚げてきた放射性廃棄物を、追跡していたらしいわ」ブリジットはカップにコーヒーを注いで彼に渡した。

「興味深い」ナサルは一瞬だけ目をきらめかせてコーヒーを口にした。「そして、きみのNUMAの友人たちはダイヤの行き先をバミューダ諸島と突き止めた」

「デミルという博物館の職員がナポレオンを運んでバミューダ諸島へ行った」ブリジ

ットは言った。「その人が島に滞在中送ってきた手紙類を、私たちは見つけたの。彼は一九四二年の初頭にバミューダ諸島を発ったらしいわ。ダイヤのケースが皇帝の棺といっしょに厳重保管されていたと信じるだけの根拠もある」

「それはまた間の悪い話だ。歴史財宝ハンターたちに貴重な品の発見をじゃましてもらう必要はない」

「フランスにとって、皇帝の遺体の回収に大きな意味があるのは間違いない」と彼女は言った。

ナサルは首を横に振った。「その意味とやらで、おれのポケットがいっぱいになるわけじゃない。NUMAはほかにどんな情報をつかんでいる?」

彼の口調にブリジットの心は傷ついたが、顔にはそれを出さなかった。彼から貴重な情報の提供を迫られたのは初めてではない。二人が初めて出会ったのは、フランス政府が実施した海洋探査のデータを手に入れるために彼が〈研究所〉の彼女のオフィスを訪れたときだ。彼はその場でブリジットを誘惑してきて、この人、本当は私の魅力ではなく海底地震の研究結果が欲しいだけなのではないかと、彼女を怪しませもした。ブリジットは彼が求めるデータを全部提供し、彼はその後も彼女の人生から離れず、二人の関係は発展を続けてきた。

「彼らは学芸員のデミルの力になった島の外交官の記録を調べたいの。ポール・ラピヌという人よ。皇帝がどこへ運ばれたか、彼の日誌が教えてくれるかもしれないと考えていて」

ナサルはコーヒーの残りをくるくる回し、そのあと立ち上がって微笑(ほほえ)んだ。「それは願ってもない情報だ。きみと今日バミューダ諸島へ飛ぶ理由が増えた」

「私と？ 私は無理よ。〈研究所〉に戻らなくちゃいけないし。報告書の作成とプロジェクトの――」

ナサルは彼女を引き寄せ、ぎゅっと抱きしめた。「五千万ユーロとなれば、話は別だ」と、彼は彼女の耳元にささやいた。

「でも、あなたのボスは？」

「水にまつわる計画がすぐに実を結ばないと、マフィアに犬のようにつきまとわれるだろう」

「ダイヤは？」

ナサルは含み笑いをした。「あの爺(じい)さんは、おれがダイヤを見つけたら、やっこさんの会社を救うためにそれを引き渡すと思っているのさ」彼はまた彼女にキスをした。

ブリジットは後ろに下がって彼の顔を思いきり平手打ちした。

「今のは何の罰だ？」彼は怒りに燃える目で言った。

「アヴィニヨン号へ潜水したあと、あなたの部下たちのボートに轢かれそうになったのよ」

「ああ」彼はうなずいて認めた。「あれはおれのせいだ。指示を明確にしなかった」

「NUMAの調査の件は？　私が送ったデータをボスは精査したの？」

あのせいで彼女はナサルの問題に首を突っ込むことになったのだ。最初はなんの罪も感じなかった。卓越した水中技術を備えるNUMAの調査チームをブリジットが特定の沖合へ誘導してくれたら〈研究所〉に多額の寄付をすると、ヴィラールは請け合った。もともと計画されていた海域に近かったし、なんの被害も生じないと思い、彼女は〈研究所〉を通じて巧みに調査海域を変更した。

コーンウォール号上で発見したダイヤの話をナサルにメールで教えるという誤りを彼女は犯し、気がつけばボスウィック船長が自分の前で倒れていた。あの事件で恐怖とパニックに見舞われ、責任も痛感した。だがそれは、彼女のナサルへの依存をいっそう強めただけだった。

彼女はもう深みにはまっていた、自分が思っている以上にずっと。しかし、二重の謎にまつわる興奮が罪悪感を打ち消していた。

ナサルがうなずいた。「あの男が自分のパイプラインのためにあらかじめ立てていた計画を、例の情報は確認してくれた。だが、フランスでの活動はここまでだ。とりあえず、今のところは。ヴィラールから〈研究所〉へ早急に寄付がされるよう取り計らうが、今は財政状況がかんばしくないからな」

「約束したでしょう。〈研究所〉が対価を受け取れることが調査海域変更の条件だって」

「きみのそういうところが好きだよ。いつも清く正しいところが」

「あの人の秘密の活動に、私はこれ以上関わりたくない。あなたも関わらないほうがいい」

ナサルは彼女を抱きかかえた。「今は危険な状況が多分にある。しかし、心配するな。あとひとつ仕事をやり遂げたらそれでおしまいだ」と彼は言い、彼女を寝室へ運んで、ベッドからスーツケースを蹴(け)り落とした。

42

　ピットとジョルディーノはペリカン号の調理室からポットのコーヒーを分捕ってきて、サマーを見つける仕事に着手した。最初の更新情報はノルディック・スター号の船長、ベン・ヒューストンからもたらされた。彼はワイト島の現地警察に行方不明者届を提出したあと、島から電話をかけてきてくれた。

「警察は銃声が聞こえた時点で波止場の施設を訪問したそうです」ヒューストンがビデオ電話で言った。「警察が聞かされた話によれば、ダークはあの施設で銃を撃ちまくり、ゲートからフォークリフトを持ち出したあと、ボート博物館の水中翼船を盗んでいったとか。現地警察は今日、フランス当局と連絡を取ってパリに刑事を一人送り出したそうです。何よりダークを訴追することに関心があるようだ」

「サマーについて、警察に何か報告が入っていないか？」とピットが尋ねた。

「まったく何ひとつ。私は領事館を巻きこみ、領事館があの施設の捜索令状を請求して、裁判官の署名を待っています。しかし、承認には時間がかかりそうだ。たまたま私たちはダークのレンタカーを近くで見つけました。警察が車内を調べて、二人の携帯電話とサマーの財布を発見した」

「ベン」ジョルディーノが訊(き)いた。「あの施設の持ち主が何者か、わかったことはないか?」

「地元の不動産会社です。そこがある海運会社に貸し出し、そこが倉庫スペースとドック使用料を随時又貸ししているんです。ここ数カ月はマルタの会社が利用していたが、その会社については誰も確かな情報を持っていないようで」

「ダークの話では、そこに二隻(せき)の船が係留されていた。その二隻の調査は?」

「私は今、カウズにいます。その波止場は川を渡ってすぐのところにある」ヒューストンは彼の携帯電話を川のほうへ向けて二、三歩近づいた。川の向こうに大きな倉庫が見え、その前に空(から)っぽの波止場があった。

「どっちの船も事件の直後に波止場から出発しました」とヒューストンが言った。

「シャモニー号、モンブラン号という名前であることは港長(ハーバーマスター)が確認してくれました」

「ありがとう、ベン」ピットが言った。「ここからその二隻を追跡してみよう」

「ほかにわかったことがあったら、すぐお知らせします」

ヒューストンが画面から消えると、ジョルディーノがキーボードを叩いて船舶自動識別装置システムにアクセスした。しかし、どちらの船も世界の電子海図上にはいなかった。「波止場を離れると同時に静かになったわけだ」と彼は言った。

「まあ当然かな」ピットが言った。「うちの子たちは何かに気づいたにちがいない。ハイアラムならもっと何かわかるかもしれないな」

彼らはDCにいるハイアラム・イェーガーとのリンクを確立した。彼の険しい顔から、サマーが行方不明になっているという情報はすでに入っているようだ。

「調子はどうですか、ボス？」とイェーガーは尋ねた。

「まあまあかな、現地の言い方に倣えば」とピットが答えた。「サマーが最後にいた場所に関連して二隻の船を捜している。どっちかに乗っていればいいんだが」

彼が船名を伝えると、ビデオ画面からイェーガーが消え、AISシステムの表示に置き換わった。イェーガーがそのデータを操作すると、二隻がいたカウズの場所が出てきた。

「そいつは見当ちがいの努力だ」とジョルディーノが言った。「どっちの船も、安全なところへ移動するまではAISを切っている」

「力業が必要、というわけだ」とイェーガーが言った。「衛星画像を引っぱって、二隻の動きを上空から追跡できないか見てみよう。主要港の大半は出入港記録にアクセスが可能だ」と彼は言い、裏口からのアクセスを示すウインクをよこした。「いい知らせは、あの海域を衛星でしっかり追跡できること。悪い知らせは、船の出入りが多い海域で、ほかの船に紛れて見失いがちなことだ。一、二時間くれ、何がわかるかやってみよう」

「ダークによると、シャモニー号は大きなパイプ敷設船だ」ピットは言った。「そう簡単には姿を消せるものじゃない」

「たしかに。なぜそれが引き揚げ作業に使われていたのかは不思議だが」

イェーガーとのビデオ会議を終えると、ピットとジョルディーノはそれぞれのコンピュータの前に座り、ネット上の情報源とNUMAのデータベースから二隻について可能なかぎりの情報を拾い集めた。

シャモニー号はマレーシアでパイプ敷設工事を行うため、シンガポールの建設業者から特注された船だった。この何年かで何人かの手に受け渡され、現在の所有者はベイルート（レバノンの首都）の会社と記載されていた。船の痕跡はそこで途切れた。

モンブラン号も二十年ほど前にアジアで建造され、何人かの所有者の手に受け渡されてきた。「現在の所有権だが、どこに登録されていると思う？」とジョルディーノが言った。

「ベイルート」とピットは言った。

「そのとおり、私書箱もシャモニー号と同じだ」

少ししてイェーガーから、いい知らせと悪い知らせが入り交じった調査結果が届いた。「まずは悪い知らせから」彼は言った。「今この地球上には、大きさや見かけがモンブラン号と同じ湾岸石油タンカーがおよそ百隻あって、その半分ほどが英仏海峡を定期的に往復している。あのタンカーの推定出発時間にワイト島周辺にいた船の画像を今も引っぱり出している。あの海域でそのプロフィールにフィットしそうな船舶は十数隻だが、まだ有望な候補を見定めるには至っていない」

「シャモニー号のほうは？」とジョルディーノが尋ねた。

「こっちのほうがずっと簡単だ。この船は昨夜、英仏海峡にいるのを発見した。二時間前にはアントワープ沖に係留されていた」

「商業用の波止場にか？」とピットが尋ねた。

「いや、港から離れた水路にいた。停泊できるときを待っていたのか、目立たないようにしているかのどちらかだな。座標をメールする」

「ありがとう、ハイアラム」とピットが言った。「もうひとつ。この二隻の持ち主について、何かわからないか調べてくれ。ベイルートまではたどれたが、裏で糸を引いているのが何者か知りたい」

「了解」

電話が終わったところで、ジョルディーノがピットを見た。「アメリカ大使館に相談してみる手もあるぞ。イギリス当局がしているみたいに、ベルギー当局に捜索令状を発行してもらうんだ」

ピットが腕時計を見た。「もう五時か。明日までは何も起こらないだろう」

ジョルディーノはピットの目の表情を見て、外部の助けを求める気はないと理解した。彼は椅子から立ち上がって両腕を伸ばした。「おれはそれでかまわない。世界のダイヤの首都を星明かりで見てみたいとずっと思っていたのさ」

43

アントワープへは、車のアクセルを踏みこみつづけても四時間近くかかった。ピットとジョルディーノは交代で運転してたがいに睡眠の不足を取り戻そうとしたが、その努力は無駄に終わった。ルアーヴルの波止場で借りてきた小さな平床式トラックは路上に出ると、これまでの走行距離の長さを露呈した。使い古したサスペンションは乗っている人間にあらゆる衝撃を伝え、ミキサーの中にいるかのように彼らをあちこちへ投げ出した。

夜十二時過ぎにアントワープが近づいてきたときはピットがハンドルを握っていた。彼は市街を避け、大都市圏から五キロくらい西にいるうちにハンドルを切って海の方向へ向かった。小さな道路を走って、ぱらぱら出てくる古い煉瓦造りの家と広々とした野原を通り過ぎ、やがて小さな半島に着いた。ジョルディーノが幅の広い沼地のそばにある砂利敷きの駐車場を指さし、ピットがそこに車を駐めた。

彼らは前もってこの地域の航空画像を精査し、そこがベイフロントにこっそり近づくのに最適な場所と判断した。ピットは水打ち際へトラックをバックさせてモーターを切り、ヘッドライトを消した。どこからも注目を集めていないことを確かめるため、二人でしばらく運転台にいたが、夜は静まり返っていた。

ジョルディーノはつばから小さな疑似餌(ルアー)がぶら下がった黒っぽいバケットハットをそっとかぶった。「釣りに出かけるぞ、準備はいいか?」

ピットは薄手のジャケットのジッパーを上げた。「免許証を忘れてきたから、密漁中は捕まらないようにしよう」

二人は空気注入式の小さなゴムボートを載せた平台に歩み寄った。全長一八〇センチと、ペリカン号に搭載してきた中でいちばん小さなボートだったが、それでも男二人で運ぶのは大変だった。それを平台からすべらせて下ろし、水辺へ引きずってから乗りこんだ。

それぞれがオールをつかみ、浅い沼を漕(こ)いで、スヘルデと呼ばれる水深の深い河口へ向かった。そこから、アントワープを蛇行して北海へ流れこんでいく同名の川につながっていく。

アントワープは川の上流にあったが、彼らは川下へ流れをたどっていった。ピットが三十五馬力の船外機を始動させ、プロペラを回して海へ向かった。テルネーゼンの街とその大きな港湾施設を通り過ぎるうち、河口の幅が広がってきた。有名な幽霊船フライング・ダッチマン号は最初ここから出航したのだが、ピットとジョルディーノの目に幽霊は見えず、見えるのは静かな水面に反射する赤々とした街灯り（まちあか）だけだった。

荷物を上げ下ろしするコンテナ船がひしめく商業用波止場を通り過ぎたところで、ジョルディーノが釣り竿（ざお）二本を集めて船縁（ふなべり）に固定した。入ってくる貨物船と行き違ったとき、ピットは水路標識に気がついて、主要水路からそれた。パイプレンチのような形をした細長い島を回りこんでいく、小さめの水路があった。

ピットが背水路（バックウォーターチャンネル）に入っていくと、そこは暗くがらんとしていたが、一隻だけ船がいた。シャモニー号だ。

パイプ敷設船は船首を上流へ向け、水路の真ん中に係留されていた。目立たずにいるためか、点（つ）いているのはひと握りの外部照明だけだ。しかし、後甲板（こうかんぱん）上にそびえ立つパイプ敷設用のリールを明らかにするにはそれで充分だった。黄色く塗られたフレームが夜空へ立ち上がっている。

船が見えるや、ピットはモーターを切り、潮の流れと慣性にまかせてシャモニー号へ向かった。全長一〇〇メートルの船のそばを漂うように通過するあいだに、彼らは見張りがいないか甲板をざっと見渡した。一人もいないようだ。

二人は櫂（パドル）をそっと水中に差し入れ、円を描くように船尾へ向かった。ジョルディーノがロープと引っかけ鉤（かぎ）を準備していたが、その必要はなかった。スティンガーと呼ばれるパイプラインを海中投入するための傾斜した支持構造が後部から延びていた。接合されたパイプを高いリールから船尾の先へ下ろしていく際、それを誘導するために使われるものだ。ピットにとっては、小さなゴムボートの船着き場として利用しやすい施設でもあった。

二人はパドルを漕いでこの傾斜路のそばにボートを着け、ジョルディーノがロープを結わえた。二人でスティンガーのてっぺんへよじ登って、甲板上へ乗りこんだ。

船尾甲板は背の高いリール塔と左舷（さげん）手すり前の大きなクレーンに占拠されていた。溶接されたパイプがひと連なり、リールのてっぺん近くに位置し、仕事の仕上げ寸前で急に動きを止めたような風情（ふぜい）を漂わせていた。

この構造物を通り過ぎると、前方の上部構造まで延びている巨大な凹甲板（ウエルデッキ）が出てきた。内部に長さ一二メートルほどの鋼管が高く積み上がり、オートメ化されたステーションで端から端まで溶接されたあと、リール塔のてっぺんへ送りこまれる。主甲板の左右にはさらにパイプの在庫が束になって置かれていた。

ピットとジョルディーノは左舷手すりに近づき、くぼんだ区域を通り過ぎて宿泊設備のブロックへ向かった。主通廊に出る横扉を彼らはそっと通り抜けた。外の甲板と同じく、勤務中の船員はいないようだ。大きな士官室にたどり着くと、そこには掛け心地のいい椅子が置かれ、大きなテレビが大きな音でサッカーの試合を録画放送していた。ここにも人はいない。

ピットとジョルディーノがさらに廊下を進み、調理室へ素早く足を踏み入れると、今度は彼ら二人だけではなかった。反対側に、白いエプロン姿で小柄ながら筋肉質の男が立って食事用のテーブルを拭いていた。男は動きを止めて二人を見上げた。ピットは男にうなずきを送り、まっすぐコーヒー沸かし器へ向かってカップにコーヒーを注いだ。

給仕係がテーブルを拭きながら近づいてくるうちにジョルディーノもピットに合流した。給仕係はそばのテーブルを拭いて二人の男を見上げた。そして、「おやつは要るかい？」と訊いた。

男はフィリピン人のような見た目で、フランス語は大ざっぱとピットは判断した。

「いや、けっこう」ピットは言った。「女は今夜、食べたのか？」

ピットは反応を探ったが、乗組員はとまどいの表情を向けた。

「女は船乗れない」彼は不完全な英語で言った。

「背の高いのがいなかったかい？　赤毛のが？」ジョルディーノが手のひらを高く掲げた。

給仕係は首を横に振った。

ピットはコーヒーのお礼を言って、ジョルディーノと調理室を出た。

「あの男の話は信じてよさそうだったな」とジョルディーノが言った。「内情には通じていないだろうが」

ピットは同意するしかなかった。警備が強化されている感じもなく、この船にサマーが拘束されている形跡はなかった。

彼とジョルディーノがさらに通廊を進んでいくと、〝指令センター〟と記された、開いているドアが近づいてきた。ピットが端から頭を突き出してのぞくと、部屋には誰もいなかった。二人で足を踏み入れ、ドアを閉めた。

軍艦の戦闘指揮所のような配置で、前方に映写幕と大きなホワイトボードがあり、真ん中に重役会議用テーブルがあった。部屋は整然とした感じで、何かのプロジェクトが進行中とは思えなかった。ピットは書棚を調べていった。技術マニュアルや分厚いバインダーが並び、バインダーにはかつてバルト海と北海で行われたパイプライン・プロジェクトの日付が付いていた。インドとエジプトの海岸図が何枚か折りたたまれて積み重なっていた。

部屋の反対側では、ジョルディーノが壁にピン留めされた何枚かの地図を丹念に調べていた。「これを見ろ、ダーク」彼は隅にある三枚の海岸図を指さした。それぞれに沖合から近くの海岸線へ続く赤い折れ線が示されていた。

「イスラエルのパルマヒム。ロングアイランドのマスティック・ビーチ。そしてノルマンディーのヴレット・シュル・メール」ピットがそれぞれの海図の陸上地点を読み上げた。「パイプラインの計画図か、そのプロジェクト案みたいだな」それぞれの海図の下に、袋に入った環境問題研究報告書と承認証明書がピン留めされていた。

「これは延期されたようだ」検討中の日時が×で消されているイスラエルの海図の注記をジョルディーノが指さした。

ピットはうなずいたが、彼の目はノルマンディーの海図にそそがれていた。「これはわれわれが調べたばかりの海域にとても近い気がする」

「おれたちの調査グリッドがあの赤い線の海域を包含していたのは間違いない」

「奇妙な偶然の一致だ」ピットが携帯電話を取り出して海図を写真に撮りはじめたとき、ドアが開いて作業服を着た男が一人、中へ足を踏み入れた。

「ここで何をしている？（ケスク・トゥ・フェ・イシ）」と、男は口走った。

「あの娘は？（ケセ・ラ・フィーユ）」とピットは返した。

「どの娘だ？（ケレ・フィーユ）」ピットが海図に携帯電話を向けているところを男の目はとらえた。男はくるりと体の向きを変えてドアから外へ飛び出し、腰に装着したハンディ無線機に手を伸ばした。ピットは自分の電話をしまった。

「長居は禁物だったか」とジョルディーノが言った。

「そのようだ。サマーがここにいた形跡はない。舞台の袖（そで）からこっそり出ていくのがよさそうだ」

彼らが通廊へ出たとき、船のPAシステムが大音量で響き渡った。「警戒（セキュリテ）、侵入者あり（アンヴァイスール）。警戒（セキュリテ）、侵入者あり（アンヴァイスール）」

二人は足を速め、通廊の端まで駆けて右舷甲板へ出た。誰もいなかった船が彼らの周囲でにわかに活気を帯びた。複数のドアが音をたてて開き、昇降口階段に足音が響き、上部構造に叫び声が響き渡った。ピットとジョルディーノは迷わず手すりへ急行し、船尾へ移動した。姿を見られることなく進み、凹甲板を通り過ぎてリール塔に近づいてきたとき、ブリッジからスポットライトが二人をとらえた。直後、彼らの後ろで自動小銃による銃撃が始まり、その弾（たま）が甲板と彼らの周囲の設備に襲いかかった。

二人が甲板に飛びこみ、舷側の手すりへ転げこんだところへ、頭上をまた一斉射撃の音が襲った。ピットが船尾を見ると、トランサムの近くでアサルトライフルを構えた男が彼らの行く手を遮っていた。

どこからともなく治安部隊が集まってきた……そしてピットとジョルディーノは十字砲火にさらされた。

44

ジョルディーノは右舷手すりの陰に身をひそめていて、船尾の男から放たれた一連射が頭上にビュッと音をたてたところで顔をしかめた。「駐車監視員が車の駐め方を気に入らなかったんじゃないか」と彼はつぶやいた。

「そのうえ、駐車券にスタンプを押してもらうのを忘れていた」とピットが返した。

彼らの後ろで銃を持った男が二人、宿泊施設のブロックから姿を現した。この二人とは充分距離があるし、暗闇（くらやみ）での射撃精度は疑わしい。船尾の男のほうが差し迫った脅威だ。ピットが向き直ると、男は弾倉（マガジン）の交換に手間取っていた。

「ここにいろ」ピットはジョルディーノに言った。「後ろのやつの注意をそらすから、その隙（すき）にボートへたどり着いてくれ。ごたついたときは左舷側で合流しよう」

ピットは凹甲板の端へ体を転がし、内側へジャンプした。鋼管の束まで二・五メートルくらいあって、両膝（ひざ）を打ってしまい、悪態をついた。それでも、敵に見られることなくジャンプを果たした。

パイプの山から這い下り、左舷側に渡されたキャットウォークに乗った。格子状の通路を極力静かに歩きながらも急いで移動した。一歩進むたび足音が反響する。反対側へたどり着いて、取り付けられている梯子を見つけ、急いでそこを上がって主甲板へ出た。

武装した男はまだ船尾甲板の真ん中に位置を定めて、ゴムボートへの経路をふさいでいた。そのあいだに船の反対端にいた男たちが押し寄せ、ジョルディーノの居場所へ距離を縮めてきた。

ピットは上を見て、攻撃計画を二つ立てた。まず、船尾甲板をリール塔の基底部にある小さな制御室まで這い渡った。気づかれることなくたどり着き、制御装置の使い方を把握しようと計器パネルの前に身をかがめた。電源ボタンを押すと、船内のどこかでディーゼル発電機がプツプツ音をたてて動きだし、油圧リールに動力を提供した。次にピットは主要制御レバーに取り組み、停止位置から前へ押しやった。

頭上で大きな黄色いリールがゆっくり回りはじめた。甲板のくぼみから溶接された一連のパイプを回収する設計になっている。パイプは大きな弧を描いてスプールのてっぺんへ引き上げられたあと、S字を描いて船尾の外から海底へ下ろされていく。この方式でパイプを展開すると溶接部の負担が軽減され、パイプラインを海底へ下ろす際の完全性を維持できる。

唯一の問題は、新しいパイプセクションを溶接する自動作業が作動していなかったことだ。リールへ引き上げられたのは四つのピースから成る一セクションだけだった。釣り合いを取る錨（アンカー）がなく、そのセクションがリール上でぐらついた……そのあと、勢いと車輪の回転によって長いピースが前方へ落下した。

パイプは大きな音とともに落下してきて、船尾の傾斜路に激突した。銃を持った男から数センチのところだ。

仰天した男は寸前で横へ飛びのき、パイプの直撃をかろうじて免れた。しかし、パイプがはずみ、跳ね返ったところでぶつかられ、床に叩きつけられた。武器が吹き飛んだが、問題はそれではなかった。パイプの一セクションが彼の上を転がって脚を押しつぶした。男は痛みに絶叫し、そのまま転がっていったひと連なりのパイプがスティンガーを跳ねながら落ちていき、海面に水しぶきを上げた。

ピットとジョルディーノは離れたところで同時に駆けだした。ジョルディーノはこの騒ぎを利用して手すり前を全力疾走し、船尾を横断した。うつぶせに倒れている男のそばを走り抜け、金属の傾斜路に飛び乗った。いちばん下まですべり下り、ゴムボートへ飛び乗ってモーターをかけた。ボートを押し出すとき、急いでピットの姿を探した。船上に彼の姿は見当たらず、ジョルディーノはスロットル全開で猛然と川下へ向かった。

ピットはジョルディーノが船尾を駆けているあいだに前方へ移動し、左舷手すり前の大きなクレーンへ急行した。運転台に飛び乗り、制御装置を調べたが、パイプリールより仕組みが複雑だった。キーを回すことで始動する電源のスイッチを見つけるのに少し手間取った。そのキーを回したとき、前の風防がはじけた。

右舷手すりでジョルディーノを追っていた武装員二人が、ピットが運転台によじ登るところを目にしたのだ。顔と腕にガラスの破片を浴びて、ピットは頭を引っ込めた。座席に伏せたとき、運転台の下のエンジンが音をたてて始動した。体を低く倒したまま制御装置に手を伸ばして、頭上のブームを凹甲板へ振り下ろした。さらに銃弾が撃ちこまれて運転台に穴を開けたが、巻き取り式スプールのトグルスイッチを見つけ、ブームの先から長さ六メートルほどのたるんだケーブルを解放した。

弧を描くように振られたブームが右舷手すりを越えて船尾へ向かい、ピットはフックの端が腰の高さにぶら下がるまでさらに少しケーブルを解放した。ブームを止め、しかるのちに反対方向へ加速させた。

制御パネル越しに目を凝らしていると、ブームは前方へ振られ、それに引きずられたケーブルがピクッと猫の尻尾のような動きを見せた。もう少し解放すると、重いワイヤーが右舷甲板に当たり、牛追い鞭のようにそこをすべって横切った。これを食らったら真っ二つに切り裂かれかねない。銃を持った二人はのたくるケーブルからあわてて飛びのいた。

ピットはブームを元に戻して二撃目に備えた。ところが、ケーブルが戻ってくるあいだにぴんと張り詰めて、ブームが急にたわんだ。さらにゆるみが出たケーブルは凹甲板に落下し、そのフックが何かに引っかかった。

ピットはブームを反転させてケーブルを上げようとした。クレーンが震え、巻き取り式スプールが激しく揺れ動き、船倉からパイプのパレットを引き上げた。

パレットを素早く持ち上げ、ブームを右舷手すりの方向へ回すと、パレットが激しく揺れた。今回、武装した男たちには逃げ場がなく、甲板の真ん中でとらえられた。ピットがパレットを放出すると、重い塊が甲板に激突した。パイプが飛び出して方々へ転がっていく。この襲撃に銃を持った一人がのみこまれ、悲鳴が響き渡った。

ピットは跳ねるパイプが落ち着くのを待たなかった。船外機の音が近づいてきて、ジョルディーノが迎えにきたのがわかった。ピットは運転台から飛び降り、舷側の手すりへ駆けだした。新たな武装員が凹甲板の向こうから現れ、長い集中射撃をかけた。ピットが手すりをよじ登るあいだに甲板に火花が散った。足の動きを速めて、舷側から水面へ飛びこんだ彼を、一連の銃弾が手すり越しに追う。

水面を打つ直前、ピットの目はジョルディーノの接近をとらえた。水中で大きく足を蹴って船から離れ、全力で泳いでいく。できるかぎり長い時間、水中にいた。

ジョルディーノはピットが水中に飛びこんだのを見て、浮かび上がってきそうなところへ急いだ。何メートルか先でピットが水面を破り、そこにジョルディーノがゴムボートを横付けした。シャモニー号からさらに叫び声が上がったが、乗組員が船の負った損傷と闘わなければならず、銃声は途絶えた。

ピットは腹ばいになってゴムボートへ乗りこみ、ジョルディーノはスロットルに戻って暗闇の中へ向かった。島の先端を回りこみ、船から見えなくなるまで全速力を維持した。川岸に沿って上流へ向かうと、やがて出発した地点が近づいてきた。

「あんたはきっと」ジョルディーノが言った。「小さいころ、エレクター・セット（組立玩具）を持っているガキ大将だったにちがいない」

ピットはなんとか力ない笑みを浮かべた。「よく物をめちゃくちゃにしていたよ」

二人はしばらく無言でいた。沼地にたどり着くとパドルを漕いで岸へ向かい、重いゴムボートをトラックの平台へ戻した。ピットはずぶ濡れで、体が冷えきっていて、出血していたが、ジョルディーノは彼の目に集中の表情を見た。トラックに乗りこんでルアーヴルへ戻る道中、ピットの心中を察する必要はなかった。

頭にあるのはサマーのことだけだ。

45

海上で二日目の夜を迎えるころには、サマーはいっそう大胆になっていた。食べ物が最優先事項なのは変わらないが、遠くまで取りにいく必要はなかった。廊下のすぐ先に調理室があったからだ。しかし、非番の乗組員と船上で見た特殊部隊員が集まる場所でもあり、誰もいなくなることはめったにない。船室から耳を澄まし、廊下の先をちらちら見ていくうち、午前三時から四時半が誰もいなくなる時間帯とわかった。

急いでそこへ押し入った。ごみ袋を手に、シェフが軽食用に置いていった果物と菓子とクロワッサンをかき集めていく。食べ物を隠し持って船室へ戻るまで二分とかからなかった。

彼女は新しい日課にすぐ適応した。日中に船室を離れるのは怖いので、睡眠の習慣を改め、夜型人間になった。三日目の夜はいっそう積極的に行動した。厨房に誰もいないとわかると、残り物の鶏肉のコルドン・ブルーとデザートクレープを手に入れるためにに冷蔵庫を襲撃した。船室に戻ってそれをむさぼるように食べたとき、サマーはフランス人シェフの料理がたいていの商船の食べ物よりはるかに良質であることに気がついた。

この船で初めてまともな食事にありついて元気が出ると、次の課題に取り組んだ。変装だ。

真夜中のうちに思いきって宿泊施設のブロックから外へ出た。月明かりはなく真っ暗だ。甲板を見渡して誰もいないのを確かめたところで、上部構造を動きまわった。右舷の隔壁沿いに収納用の区画がいくつかあるとわかり、ひとつひとつのぞきこんで着替えられる服がないか探した。塗料保管用の小さなロッカーにペンキが跳ねかかった野球帽が見つかり、彼女はそこから埃(ほこり)を払い、頭にかぶって、長い巻き毛を中にたくしこんだ。

船尾を移動中、〝機関室〟と記された防水扉が出てきた。くの字形のハンドルを回し、少しだけ扉を開けて中をのぞいた。暖かい空気がふっと顔に吹き寄せ、二、三層下でディーゼルエンジンが上げている低いうなりが聞こえた。扉の向こうはスチール製の格子状の踊り場で、そこから下へメインエンジンに近づく階段が続いていた。

この踊り場は宝の山だった。高い棚に技術者のヘルメットと保護眼鏡と防音保護具があり、すぐ下に作業員が着るつなぎ作業服が何着か掛かっていた。しかし、まずはそこへたどり着く必要がある。

サマーはもう少し扉を開き、下の甲板でパネルと向き合っている技術者を盗み見した。その姿が消えるのを待って、さっと踊り場へ出た。体に合いそうなつなぎを選び、保護眼鏡もつかみ取った。外の甲板へ急いで戻り、素早く服を着た。

この変装で勇気を得た彼女は塗料ロッカーに戻り、中をくまなく調べた。小さな白いペンキ缶があり、刷毛と缶の鍵も見つけて、ポケットに忍ばせた。

ロッカーを出て、目を上げた。モンブラン号のブリッジは上部構造のてっぺんにあり、パイプラインが並ぶ前甲板を見渡すことができた。

前方へ出るのは危険が大きすぎると判断し、上部構造の後部へ足を踏み出した。タンカーの狭い後甲板に一対の大きなウインチがあって、利用可能なスペースをほとんど占拠していた。船を波止場に固定するとき使われる太い支柱が十数個、船尾の手すり沿いに間隔を置いて設置されていた。暗闇の中で見るそれは特大の黒いマッシュルームのようだったが、これこそサマーが探していたものだった。

配置を思案し、中央の手すりに歩み寄って前方を向いた。ペンキ缶を開けて、刷毛を浸け、いちばん近い支柱のてっぺんに〝０〟と記した。右舷手すりに移動して端の支柱に〃M〃、〃A〃と記す。左舷側の支柱に引き返して、一本に〃N〃、もう一本に〃U〃と記した。

そのあと、自分より三〇センチくらい背が高いウインチ二基に歩み寄った。爪先(つまさき)立ちになって腕を上へ伸ばし、それぞれの筐体(きょうたい)のてっぺんに大きな〃S〃を記した。とりたてて意味はなさそうに見え、通りかかった乗組員が何も考えずにいてくれますように、と祈った。しかし、兄なりほかの誰かなりが自分を捜していたら、これが信号の役目を果たしてくれるかもしれない。

しばらく水平線を見渡したが、星明かり以外に光は見えなかった。このタンカーはどこにいて、どこへ向かっているのだろう？　彼女はその疑問を頭から振り払い、塗料ロッカーに戻ってペンキと刷毛をしまった。

ロッカーのドアを閉めたとき、フランス語で質問が投げかけられた。

彼女は息をのみ、ゆっくりと体の向きを変えた。数メートル先の前甲板に暗い人影が見えた。指に挟んだ煙草の先が赤く輝いて、肩に吊(つ)り下げたライフルの輪郭を浮かび上がらせていた。

心臓がドキッとした。サマーは相手にうなずき、自分に可能なかぎりの低い声で「うん(ウィ)」と言った。返事を待たずに船尾方向へ向き直ると、何気ない風を装って歩きだし、声の主から離れていった。横扉から上部構造へ入った。後ろで扉がカチッと閉まると同時に全速力で廊下を駆け、急いで船室へ入った。胸がドキドキする中、明かりを消してドアを施錠した状態で外に耳を澄ました。

警報は発せられていない。さらに少し待ってから、自分の変装が実を結んだことを実感した。つなぎを脱いで簡易ベッドにもぐりこみ、自信の深まりを感じた。これなら早晩、船を脱出する方法も見つかるだろう。

46

ブリジットとナサルの乗った飛行機が英領バミューダ諸島のL・F・ウェイド国際空港に着陸したとき、島には季節はずれの熱帯低気圧が近づいていた。ナサルはレンタカーのワイパーを最強にして空港を出発した。荒れ狂う雷雨の中を左側通行で走るには、ふだん以上の集中力が必要だったが、遠くへ行くわけではない。島の南側に位置する首都ハミルトンまでは一五キロほどだ。

「右前方に〈リッチモンド・ハウス〉が見えてくるはずよ」しばらくして、携帯電話でルートを調べていたブリジットが言った。

ナサルは繁華街で駐車スポットを見つけ、雨の中を急いで近くのオフィスビルへ駆けこんだ。エレベーターで五階へ上がると、フランス領事の小ぶりなオフィスがあった。

「マンサールという者だ」ナサルが受付係に言った。「歴史にまつわる情報を入手したいと電話で伝えたのだが」

受付係はカレンダーの予定を確かめてから電話をかけた。大学を出たばかりのような風貌の青年が体に合っていないスーツを着て玄関に飛びこんできて、副領事と名乗った。この男はナサルの好みより少し長い時間ブリジットに視線をそそいだ。

「リクエストは伝わっているかい？」ナサルはつっけんどんに尋ねた。

「はい。ラピヌ氏のことでしたね。第二次世界大戦前、バミューダ諸島の特使だった点は確認できました。あいにくこの領事室には、この島に滞在中のラピヌ氏の日誌も記録もありません」

「何ひとつないの？」と、ブリジットが訊いた。

若者は首を横に振った。「戦争中、バミューダ諸島とヴィシー政権の間に外交関係はなかったので、領事館は閉鎖されました。結果、戦時中の記録はほとんど残っていません。何本か電話をかけた結果、〈バミューダ国立図書館〉に関連情報があるかもしれないことがわかりました。クイーン通りにあります。申し訳ありませんが、それ以上のお力にはなれそうにありません」

ブリジットとナサルがレンタカーに戻ったときは雨がまだ降っていて、彼女は顔から少し雫をぬぐった。「ここまで来てまったくの無駄足だったなんてことにならなきやいいけど」

「唯一の手がかりをたどってここまで来たんだ。何かしら見つかってくれないとな」

ハミルトンの東側を横断してクイーン通りまで来ると、かつてバミューダ諸島初代郵便局長の邸宅だった十九世紀の魅力的な建物に図書館が入っていた。中に入ると、そこは小さな、しかし現代的な図書館だった。ブリジットが先に立って〝バミューダ歴史文化研究室〟と記された横の部屋に入った。カウンターにいる身なりのいい熟年女性がにっこりと笑顔で彼らを迎えた。

「フランス領事館のジャン・クロードからお尋ねの件はうかがっています」彼女は言った。「数多くの記録を検索できました」

彼女は書物とフォルダーを少数取りそろえたテーブルへ彼らを案内した。

「第二次世界大戦以前のフランス領事に関連した記録はかなりの数がございます」彼女は言った。「彼は一九六四年に亡くなるまでバミューダの住人でした。外交官の役割に加えて、輸入業も営んでいて、何年ものあいだ有名な書店を経営していました。ジャン・クロードから聞いたところでは、彼の系譜をお調べとか?」

「そのとおり」とナサルが言った。「われわれが取り組んでいるのは家族の歴史だ。彼はナポレオンに縁(ゆかり)があると知ったので」

図書館員は皇帝の名前になんの反応も見せなかった。彼女がテーブルを離れてカート一台分の本を棚に戻しているあいだに、二人は資料にざっと目を通した。ここに保存されている記録は、戦前と戦後の貿易問題やフランス船の停泊権についてラピヌがバミューダ政府へ送った書簡がおもだった。しかし戦時中については、ラピヌがヴィシー政権に宛てた辞表のコピーを除けば、ほとんどなきに等しかった。

ブリジットが二冊の薄い冊子に出くわしたのは、不動産記録を丹念に調べていたときだった。

「彼の個人的な日記よ」彼女は勝ち誇ったようにナサルにささやいた。「一冊は一九三五年から四八年、もう一冊は一九四九年から六〇年までのもの」

ナサルがブリジットのそばに椅子をすべらせたところで、彼女は一冊目を開いた。文章は短く、大半は彼の手がけていたさまざまな事業の収益性に関するもので、多くの日が空白のままだった。メモに目を通していくうち、一九四〇年五月にたどり着いた。「ここ、二十五日のところ」彼女は言った。「『デミルに会って海岸の倉庫で彼の荷物を保管する段取りをつけた』って書いてある」

「デミルが何を運んでいるかは知らなかったようだな」とナサルが言った。

「その後の何日かにそれについての言及はないけど、国を同じくする愛国者としてデミルとの友情が深まったとある」

何カ月か、興味深い記述はほとんど出てこなかった。ブリジットは先を読んでいき、一九四二年二月七日で手を止めた。

本日、われわれの誇りフランス艦隊が燃料補給と修理のために来港した。マルセルと私はブレゾンという愉快な船長と食事をともにした。残念ながら戦争関連の知らせはかんばしいものでない。

何項目かあとへ来て、ブリジットがナサルを肘でつついた。「これを見て」

二月十二日。よき友人マルセルとの悲しい別れ。彼は極秘任務のため、彼の貨物とともに出航。夜明けとともにわがフランス海軍の偉大な水中巡洋艦で、祖国の栄光のために出発し、心揺さぶられた。

ブリジットは最後の項目を声に出して読み直し、首を横に振った。「信じられない」

ナサルが彼女にとまどいの表情を向けた。

「海軍の偉大な水中巡洋艦」と彼女は言った。「それに該当する艦船は一隻しかない」

「どういう意味だ?」

ブリジットは部屋を見まわしてから彼に体を寄せて、ささやき声で言った。「ナポレオンの墓とダイヤはいまだ回収されていないということ。一九四二年に海底へ消えて、今日に至るまでそこに眠っているのよ」

47

夜明けが近づいている気配がサマーには感じられた。空気が動きを止め、波が静かになり、時間の進みがゆるやかになった感じがした。新しい一日が誕生する前の、宇宙のほのかな静謐（せいひつ）に包まれているかのように。

夜空の下の甲板で塩気の混じった空気を吸い、船室の閉塞（へいそく）感からつかのま解放され、感覚が高まっているからなのか。うろつき回る乗組員やブリッジの詮索（せんさく）の目を警戒して、たえず人目につかない動きを心がけてきた。しかし、夜明け前に船外で行った小旅行で彼女は生き返った気分になり、調理室に毎日仕掛ける襲撃のとき以上の満足を覚えていた。

後甲板を離れることはほとんどなかった。巨大なウインチと支柱があって、通りかかった乗組員からすぐ隠れることができるからだ。こっちにいれば手すり越しに後ろの黒い大海原をはっきり見渡せるが、通りかかる船や陸地はいっこうに現れないようだ。脱出したいのは山々だが、暗い大海には行くべき場所がない。何よりまず、脱出の方法を見つける必要がある。でも、どうやって？

　こっそり船室へ戻ろうと手すりから向き直ったとき、答えがとつぜん浮かんだ。サマーは自分を蹴飛ばしたくなった。なぜもっと早く気がつかなかったの？　たぶん、清々（すがすが）しい空気で感覚が活性化されたおかげで、ようやく周囲の状況をしっかり取りこめたからなのだろう。それとも、気分転換にと見上げた明るい星々のおかげだろうか。

　そこで彼女は気がついたのだ、カボチャのようなオレンジ色をした塊が頭上にあることに。

　それは船尾上にそびえるフレームに取り付けられた、緊急脱出用の自由降下式（フリーフォール）救命艇だった。このボートには食料とモーター、そしてタンカーをかなり上回る敏捷（びんしょう）性が備わっている。

　下からボートとそれを支える傾斜路を調べ、階段の吹き抜けをアクセス台へ上がっていくと、救命艇は海へ向かって鋭角に取り付けられていた。三十分近くかけて解除機構を調べ、制御装置の仕組みの把握に努めた。

　このタンカーにはブリッジ近くの伝統的な吊り柱（ダヴィット）の高いところに予備の連絡船（テンダーボート）も取り付けられているから、逃亡方法には賢い選択が必要になる。近くに陸塊（りくかい）が出てきたり、そばを通りかかる船舶がいたりすればありがたいのだが。しかし、曙(あけぼの)の光が射したところで水平線を見渡してみたが、どちらの形跡もなく、何もない平らな海が見えるばかりだ。

自由になるための手段が自分にはある。その認識を胸にサマーは船室へそっと戻っていった。寝台に寝ころび、盗んできたバナナを食べながら、心に誓った。

今夜、なんらかの方法で脱出を果たしてみせる。

48

「ヒットしたようだ」

ペリカン号のビデオ画面からハイアラム・イェーガーの疲れた顔が消え、代わりに海上の黒い船が現れた。ピットとジョルディーノは身を乗り出して画像を観察した。深夜にアントワープを訪問したあとで、二人とも疲れきっていたが、睡眠は最優先事項ではない。同じくらい寝ていないイェーガーがDC時間の午前三時に連絡してきたときも、彼らはまったく驚きはしなかった。

「この写真はちょっと判読しにくいな」とピットが言った。

「すまん、コンピュータで画質を向上させた、もうちょっといいのがある」

同じ船のもっと鮮明な衛星画像に画面が置き換わった。船の後ろに長く白い航跡がさざ波を立てている。

「これがモンブラン号だと九割がた確信している」とイェーガーが言った。

「今もＡＩＳシステムを切って航海しているのか?」とジョルディーノが尋ねた。

「そうだ。衛星画像だけでこの船を発見して、大まかなパンくずの跡を追ってワイト島までたどり着いた。この船は今、北大西洋のど真ん中にいて、南西へ向かっている」

イエーガーは彼のコンピュータ技術を駆使して画像を拡大した。「タンクは空っぽにちがいない」

「水面を切って高く飛んでいる感じだな」ピットが言った。

ジョルディーノが画面に顔を近づけた。「この船の前方に船倉はあるか? 放射性物質の入った樽(たる)が船首近くの区画に積みこまれている可能性をダークは指摘している」

イエーガーが船首を拡大すると、パイプとバルブの迷路と化した甲板前方に平坦(へいたん)な船倉の輪郭が見えた。「おっしゃるとおり、前に小さな船倉があるようだ」

彼はカメラをぐるりと回して船の残りの部分を映したあと、もともとの大きさへ画像を縮小した。

ピットがイエーガーを制した。「ハイアラム、船尾をもういちど拡大してくれないか?」

イェーガーはゆっくり少しずつ船尾を拡大していった。

「何か見えるのか？」とジョルディーノが尋ねた。

「船尾の支柱だ」とピットが言った。「てっぺんに何か文字が見える」

画像がくっきりしたところで、ジョルディーノが間隔を置いて設置されている支柱に記された文字を読み上げた。「N……U……O……M……A」

「待て」ピットが言った。「ウインチを見ろ」

ジョルディーノはウインチに大きな〝S〟の文字が二つあるのを見て、それを組み合わせ、メッセージを完成した。「〝SOS NUMA〟だ」彼は興奮気味に言った。

「サマーが乗っているにちがいない」

ピットは座ったまま背筋を伸ばし、安堵の思いを隠せずにっこりした。危険な状況は続いているかもしれないが、娘は生きている。「いちばん近い陸地はどこだ？」

イェーガーは北大西洋の地図に船の位置を書きこみ、画面上に表示した。

「船がいるのはアゾレス諸島とニューファンドランド島の中間あたり、それぞれから一〇〇〇キロないし一一〇〇キロといったところだ」イェーガーが衛星写真から以前のモンブラン号の位置を書き足した。「現在の位置から見て、キューバへ向かう道筋にいるようだ。石油を積みにベネズエラへ向かっている可能性もあるが。しかし――」

彼は画像を拡大した。「船が現在の方向を維持すれば、バミューダ諸島のすぐそばを通る。あと一日か二日で」

「そこで娘を確保する」ピットは腕時計を見た。「あとでルディに電話して、沿岸警備隊とバミューダ当局が連携を取れないか確かめてもらおう」

「彼はいつも早起きだ」

「ありがとう、ハイアラム。帰って少し眠ってくれ。この先はわれわれが引き受ける」

「こっちに異存はない」とイェーガーは言って通信を切った。

「至急、バミューダ行きの便を予約しよう」とジョルディーノが言った。

ピットは空白になったビデオ画面を凝視した。頭の歯車がぐるぐる回っていた。

「ひとつ頼まれてくれ。追加のフライトを予約してくれないか、ＤＣからバミューダへの」

「一人分か?」

「そうだ……しかし、二席取ったほうがいいな」

ジョルディーノはピットを見て微笑んだ。「ナポレオンのことを考えているんだな?」

ピットはうなずいた。「さしあたり、すべての道はバミューダに通じているようだ」

49

バミューダ諸島からポンタ・デルガダ（アゾレス諸島の首府）へ飛ぶ便の搭乗最終案内を、ゲートの係員がアナウンスした。ありがちなことだが、空港の不鮮明なPAシステムを通した係員の声には隠れ火星人の言葉めいた響きがあった。

ブリジットが機内持ちこみの手荷物を集めてナサルのほうを向いた。「こんなことをするなんて、気が落ち着かない」

「すべて手配済みだ」と彼は言い、彼女の腰にすっと腕を回した。「地震調査船モーゼル号がアゾレス諸島できみを拾い、船長はきみの指示に従う。あの船が任務を割り当てられずスペインにとどまっていたのは幸いだった」

「ボスのことは大丈夫なの？　あなたがその船を私物化したのを彼に知られることはないの？」

「コロンビアから小さな〝輸入〟のチャンスを得たと伝えておいた。現金が欲しくて仕方ない状況だけに、二つ返事で認めてくれたよ」

「手ぶらで帰ったときはどうするの？」

「取引は不調に終わったと伝えるだけだ。そのころにはもうダイヤが見つかっているかもしれない」と彼は言い、片目をつぶって見せた。

「あなたも来てくれたらいいんだけど」ブリジットは一切合財から手を引いて飛行機でフランスへ帰りたかった。一人で行動したくないし、彼女の不在についてすでに〈研究所〉から問い合わせが来ていた。もう何度も一線を越えているし、ナサルとの関係の深まりに不安を覚えていた。しかし、帰国はすなわちナサルと別れることを意味し、ナポレオン探しも断念することになる。別離の影響が怖かったし、フランス最高の宝物をあきらめる気にもなれない。

「心配するな」ナサルが言った。「二、三日後、カルタヘナ（コロンビアの都市）できみに合流する。きみはこれから捜索に追われることになる。おれが着く前にきみが発見していることだって考えられるぞ」

彼女は作り笑いを浮かべ、彼に軽いキスをして飛行機に乗った。

ナサルは彼女が乗降用タラップへ消えていくのを待ってから、急いで空港を出た。タクシーで島を横断し、ハミルトンの南側にある商業用波止場へ向かった。

陸地と船を結ぶ明るい黄色の連絡船（テンダーボート）が入り江に姿を見せ、彼が待つ波止場へゆっくり向かってきた。ナサルが乗りこむ時間だけパイロットがボートを減速させた。ボートはふたたびスピードを上げ、ループを描いて、来た方向へ戻っていった。

「もっと目立たないボートがなかったのか？」ナサルが明るい色の船殻を身ぶりで示した。

パイロットは彼を見て肩をすくめた。「船に積まれているのはこれでして」

ボートは入り江を出て小さくうねる水面を南へ突っ切っていった。岸から五キロ、持ち場に就いている色あせた青い船舶が近づいてきた。ギリシャの島々をクルーズするため一九七〇年代に建造された、全長六〇メートル強の小さな旅客船だ。

かつて裕福な旅行客の小グループを対象にしていた豪華船の見た目は年月と放置に屈していた。アレクサンドリア発の一日クルーズ船に格下げされてはいたが、この船はしかるべき保守点検を受けていて今回の活動に問題はない、という確信がナサルにはあった。

錨鎖孔（びょうさこう）から下へ続いている錆（さび）の跡を見たとき、彼は疑念をいだきはじめた。同じく錆色の色あせた二輪馬車の絵が、太い煙突の汚れた黄色と溶け合っている。船首のヒユドロス号という船名もかろうじて読めるくらいまで薄れていた。

パイロットはぶら下がっている吊り柱(ダヴィット)ロープ二本にテンダーボートを横付けした。ボートは主甲板へ吊り上げられ、そこでナサルは武装した乗組員が吊り柱に取り組んでいることに気がついた。全員が彼の特殊部隊を構成する百戦錬磨のメンバーだ。ブリッジへ向かうと、ホスニ・サマドが物憂げな敬礼で彼を迎えた。

「お疲れさまです」

「船の動きはどうだ？」とナサルが尋ねた。

「見目は悪いが、中身は頑丈です。エンジンは強力だし、海上での動きも上々。多少ビルジに漏れがありますが、ポンプの状態は良好です」

「そんなに長い時間、働かせるわけではない。天気予報は？」

「熱帯低気圧は通過しました。前方は晴れ、風はやみつつあり、波は小さい。海上を移動するにはもってこいです。舵(かじ)への注文は？」

「陸から見えないところまで離れたら、円を描いて島の北部へ向かえ。日が沈んだところでランデブーする」

50

黒い水平線を背景に白い光が瞬き、サマーは目をこすって現実かどうか確かめた。小さな光はまだそこにあった。モンブラン号の船首のすぐ先に。

彼女が見ているあいだ一隻の船も現れなかったため、前夜に脱出を果たすという誓いは空振りに終わった。今夜、何もない海を二時間見渡したあと、陸地や通りかかる船が見えることはないのではないかという疑念がちらつきはじめた。しかし、ついに光が現れた。それもすぐ前方に。

彼女は隠れている場所を離れず、目を凝らして、本当に船が近づいてきているのか見定めようとした。

通りかかる船を見逃したくないという願望に導かれて、彼女はタンカーの船首上甲板へ移動していた。船の前方の海を調べたくて、前夜、こっそり忍びこんだのだ。パイプの列をそっと回りこんだところで、ワイト島の港湾労働者が積み荷を運び入れた前方船倉に出くわした。船倉の内部へ行くための点検用パネルが見つかった。塗料ロッカーで見つけた小さな懐中電灯を使ってパネルを開き、中を探った。

船倉の底に、大きな黄色い容器が少なくとも十数個、押しこまれていた。そのそれぞれにアイリッシュ海から引き揚げられた放射性廃棄物の樽があることを、サマーは知っていた。しかし彼女の胸をむかつかせたのは、船倉にいっしょに積まれている貨物だった。

黄色い容器のかたわらに、重たげなビニールに包まれた灰色の箱がパレット何個分か押しこまれていた。サマーはでこぼこした船倉に這って入り、パレットのひとつに近づいてそのラベルを読んだ。ヒンディー語の文字のようだ。しかし、稲妻のロゴの下に英語の警告があった。〝危険、エマルション爆薬〟と。

硝酸アンモニウムと油剤を混ぜた産業爆薬だ。この船の乗組員は放射性廃棄物を安全な方法で処理しようとしているのかもしれないと一縷の望みをかけていた善良な考えも、ここですべて消し飛んだ。この二つを組み合わせて、どこかで放射性廃棄物を爆発させ、環境に大惨事を引き起こそうとしているとしか思えない。

自分の新たな責任を考え、足がすくむ思いがした。船から脱出して自分が生き延びるだけでなく、この船が帯びている恐ろしい任務を阻止するための警告も発しなければならない。

船倉から抜け出したあと、隣のパイプの上に、原油を積み下ろしするときの監視所として使われている小さな台があることに気がついた。下部のレールが囲われていて、ブリッジや左右の甲板から見えなくなっている。サマーはこの台の周囲を偵察し、翌日の夜に戻ってきて見張り台にした。

そして今、彼女は少しずつ大きくなってくる水平線の光をつぶさに観察した。針路が変わらなければ、二隻はすぐそばですれ違うことになる。アドレナリンが噴き出し、待機していた日々が頭からはがれ落ちていき、五感が高警戒モードに入った。サマーは近づいてくる船の右舷にある緑色の航行灯がはっきり見えるまで待った。ここまで近づけば、行動を起こすに充分だ。

見張り台を離れ、右舷手すりに沿って船尾へ移動しかけたとき、前方でパッと明かりが点灯した。宿泊施設のブロックから懐中電灯を持った男が現れ、その光線が男の前の甲板を揺れ動いていた。

サマーはぴたりと動きを止め、体を低くかがめた。手すりを抱きかかえるようにして、いま来た道を船首へ引き返し、左舷側へ急いで移動した。頭を低く保ち、別船の接近に急き立てられるように一目散に甲板を横切っていく。

　懐中電灯で反対側の梁(はり)を照らしている男を通り越すまで、四つん這いになってカニのように甲板を這い渡り、それから徒歩での移動を再開した。

　上部構造の陰にたどり着いてひと息ついた。近づいてくる船を最後にいちどちらっと見ると、距離は八〇〇メートルを切っていて、彼女は緊急救命艇のアクセス台によじ登った。事前に解除機構の調べを済ませ、すぐ進水できるよう準備してあった。拘束板を解放するラッシュラインを外し、救命艇のバッテリーに接続されたトリクル充電器のプラグを抜く。主要な解除機構から太い安全ピンを抜いたところで、頭上から叫び声がした。

「おい！　何をしている？(ケスク・ヴ・フエット)」

　二層上のブリッジのウイングに男がいた。手すり越しに彼女のほうへ首を伸ばしている。サマーは男を無視して救命艇のハッチを開き、中へ乗りこんだ。密閉された区画は旅客列車の車両に似て、通路で二分された座席が並んでいた。乗組員三十人の収容が可能だ。

　サマーはハッチを閉めて、短い梯子を上り、上へ突き出た窓付きの小さなコクピットで運転席に着いた。救命艇の船首は鋭角に下を向いていて、安全ハーネスを装着してしっかり締めるまで、座席で収まりの悪い感じがした。

コクピットの窓にはタンカーの外部灯から少量の光が入っていて、スターターボタンを見つけて押すにはそれで充分だった。ディーゼルエンジンが何度か空転したあとエンジンがかかって低いアイドリングの音をたてた。ブリッジウイングからくぐもった叫び声がしたが、もはや彼女を止められるものはどこにもない。

座席の横に箒（ほうき）の柄（え）のような形をした解除レバーがあり、それに手を伸ばして引いた。

何も起こらない。

レバーの横を手探りすると、外の解除機構と同じく安全ピンが付いていた。ピン穴からピンを引き抜き、レバーをつかんで再度引き戻した。

今度はカチッという音が二度してレバーが止まった。やはり何も起こらない。

「船を出ようとしている（オール・デュ・バトー）！」と誰かが叫んだ。

そのとき、リアハッチが開いた。

さらに強く引いたが、レバーは停止位置に達していた。懐中電灯の光が艇内に広がり、甲板にいた男がハッチの中へ頭を突き入れた。

泡を食ったサマーがレバーを前へ押して再度引き戻すと、カチッという音が何度かして、そのあとガチャンと大きな音がした。始動装置はいちどテンションをかけてから保持ブロックを跳ね上げる設計になっていたのだ。

救命艇がとつぜん前へのめった。寸前で後ろへ飛びのき、ハッチがパチッと閉まった。つかのま静寂が下りたあと、救命艇は揺りかごからすべり出て空中へ飛び出した。

一八メートル落下して船首から海へ飛びこんだとき、サマーの胃が跳ね上がった。座席から浮いた体が安全ストラップに受け止められ、救命艇が勢いよく水面に上がったところで、背中と尻（しり）がまた座席にぴたりとついた。彼女がスロットルを押すと、二九馬力の中国製エンジンが艇を前進させた。

タンカーの航跡をたどったあと、後方の小さな窓から後ろを見た。モンブラン号の船尾甲板にいくつか人影が立っていた。距離が広がっていく。計画していたひそかな脱出ではなかったが、近づいてくる船にたどり着けたらそれで充分だ。

サマーは舵輪（だりん）をそっと左へ回し、タンカーと平行の針路へ救命艇を方向転換させた。もう一隻の船へ近づきはじめたとき、モンブラン号はエンジンを切ったのだろうかと訝（いぶか）しんだ。しかし、誰も追ってこない。夜間航行灯の光で、ブリッジウイングの下にまだ固定されているテンダーボートが見えたが、それを展開しようとする動きは何ひとつ見えない。

サマーは近づいてくる船に目の焦点を合わせた。なぜかこの船との距離があまり縮まっていない気がした。頭上のハッチを開けてパッと頭を突き出し、救命艇の上部照明が点いているのを確かめてから相手の外側へ舵を切った。

近づくにつれ、相手が旅客船で、薄暗い照明しか点いておらず、船室の舷窓はほとんど真っ暗なのがわかった。サマーは相手の針路を横切りながら、操縦装置に付いているVHF無線機のスイッチを入れた。「メーデー、メーデー。こちら、貴船の船首先にいる緊急救命艇、救助を要請します」

ほとんど瞬時に答えが返ってきた。「救命艇、見えている。こちら停船準備中。回収するので左舷わきへ向かってほしい」

サマーは静かに救命艇を前進させた。近くへ寄せていくあいだに、旅客船が惰性で進んだあと動きを止め、サマーは船首の色あせた文字に目を凝らした。古代史を勉強したとき見たことがある名前だ。

ギリシャ神話の水の神。ヒュドロス。

51

クルーズ船の甲板から、乗組員二人が懐中電灯を使った信号灯でサマーを船の横へ誘導した。彼女は救命艇の屋根から抜け出し、下ろされた一対のケーブルを持ち上げ用具に取り付けた。救命艇は主甲板へ引き上げられ、船内へと誘導された。

サマーは艇の着地を待って、後部ハッチから外へ出た――お礼を言ってモンブラン号のことを報告するときを心待ちにしながら。

暗い戦闘服を着て武装した三人の男にアルプスの氷河のような冷たい出迎えを受けたとき、その言葉は彼女の口から消し飛んだ。

ホスニ・サマドが前へ進み出て、武器で甲板の反対側を示した。「来い」

どういう状況なのかとまどいながらも、サマーは命令に従った。ブリッジへ連行されたとき、答えが明らかになった。ヒュドロス号の右舷船首のそばへモンブラン号が近づいてくるのが窓から見えた。戦闘服を着た別の二人がブリッジでその接近を調整し、私服の男がその活動を監視していた。

「救命艇に乗っていた女です」サマドが男に報告した。「二人だけでした」

ナサルはちらっとサマーを見た。「そのようだな」

彼女がブリッジの後方で拘束されているあいだに、二隻の船はじわじわ接近し、やがてモンブラン号の前方船倉がクルーズ船後部のオープンデッキと並ぶ形になった。タンカーには入港中に使うサイドスラスタが付いていて、舵を操る熟練の手が漂っているヒュドロスと一定の距離を保っていた。

モンブラン号の甲板で乗組員が一人、前方のハッチを開け、クレーンを使って爆薬のパレットをクルーズ船へ移していった。それが終わると黄色い容器が一度にひとつずつ移された。この作業が何事もなく完了したところで、二隻は別れてそれぞれ新しい方向へ向かった。

ナサルがサマドに顔を向けた。「廃棄物はただちに指定の場所へ移せ。一刻も早く、甲板から離れた見えないところへ隠すんだ。それがすんだら戻ってこい」

サマドはうなずき、急ぎ足でブリッジを出ていった。

ナサルがサマーに近づいた。「おまえは何者だ？」

脅すような口調ではないものの、サマーには男の悪意が感じ取れた。無愛想な顔つきと冷淡な黒い目を見たとたん、平気で人を殺せる人間だとわかった。

「私の名前は」彼女はためらいながら言った。「サマー・ピット」

ナサルの顔を驚きの表情がよぎった。すべての辻褄が合ってきた。ナサルはサマーの頭のてっぺんから爪先まで視線を這わせ、技術者用のつなぎを着ていることに気がついた。「ワイト島で兄貴といっしょに乗りこんだのか？」

「そうよ」ダークの運命を知らないままサマーは言った。

「なぜだ？」

「シャモニー号が海中から放射性物質を引き揚げているのを目撃し、そのあとたまたまその船がワイト島にいるのを見た」彼女は言った。「あの物質をどうするのか気になったのよ。今も気になっているけど」

ナサルは微笑んだ。この女の不屈の精神と狡猾さは見上げたものだ。しかし、それだけのことを見た以上、障害になる。この場で殺して舷側から投げ捨てるべきだ。いや、しかし、事態が悪化した場合の人質として、この女には価値があるかもしれない。こいつの兄はパリのテロ攻撃の容疑者だし、今回の任務が終わったときにこの女の死体が見つかれば、あの一家に非難が集中するかもしれない。彼女がきわめて魅力的という事実もあった。

「アメリカ人か？」とナサルは尋ねた。

「そうよ」

「なら、おまえは帰国することになりそうだ」

52

バミューダ諸島、L・F・ウェイド国際空港

「ピットさんですか?」

バミューダ諸島で飛行機を降りてきたピットとジョルディーノを、青いリンネルのブレザーを着た肩幅の広い男が出迎えた。ピットは自分の身分を明かし、ジョルディーノを紹介した。

「ダン・ダーコットと申します」と男は言い、握手を交わした。「当地のアメリカ領事館で課長を務めています。現地周辺で海上阻止行動にどう対応するか、その調整に当たってきました。お荷物をお預かりして、車の中でお話を聞かせていただきます」

ロングアイランド出身のキャリア外交官はまず二人に付き添って荷物受取所へ向かい、そのあと正面に駐めてあった灰色のセダンへ向かった。ピットはハンドルを握る

ダーコットに、バミューダ沿岸警備隊のモンブラン号臨検計画について質問した。

「実際にはアメリカ沿岸警備隊のカッター、ヴェンチュラス号が対処します。バミューダ諸島の沿岸警備隊が所有する沿岸艦艇は数が少ないので。アメリカは政策上、長年にわたってこの国に捜索救助支援を提供してきました。率直に申し上げて、NUMAのルディ・ガン副長官がヴェンチュラス号をこれほど早くここへ送りこむことができたのには、ちょっと驚かされました」

ピットは微笑んだ。現アメリカ副大統領で前NUMA長官、ピットとガンの親友でもあるジェームズ・サンデッカーが裏で糸を引いてくれたようだ。

「バミューダ諸島周辺では海上阻止行動が必要になりがちなので」ダーコットが言った。「現地の支援も要請してきました。バミューダ諸島警察から捜索のために警官数人と警察犬一頭を借り受けました」

ジョルディーノが後部座席から口を開いた。「モンブラン号の現在地はわかっているのか?」

「空から追跡してきました。最新の報告ではセントジョージズ島(バミューダ諸島北東部を構成する島)の北西三〇キロほどでしたので、迅速(じんそく)な行動を取れるよう願っています」

ダーコットはハミルトンのダウンタウンを通過し、釣り針形をしているバミューダ諸島の陸塊に沿って釣り針の先へ向かった。クルーズ船が通常接岸するキングズ・ワーフの近くに駐車し、ピットとジョルディーノを波止場一帯へ案内した。彼らを待っていたのは巨大なクルーズ船ではなく、白く輝く沿岸警備隊のカッター、ヴェンチュラス号だった。

乗船すると、ウェイニー・ジェイムズという明るい砂色の髪の女性艦長から出迎えを受けた。沿岸警備隊の隊長は彼らをブリッジへ案内し、ほかの乗組員に部屋から出るよう命じた。

「お嬢さまが拘束されていると聞きました」ジェイムズが船の動きを見ながら言った。

「緊急事態と理解しています」

「ありがたい」とピットは言った。「モンブラン号の拿捕に何か問題は？」

「いえ、まったく。タンカーだから逃げたとしても逃げきれない。そのうえ、自分から私たちのほうへ向かっています」ジェイムズはバミューダ諸島の地図が表示されているモニターへ彼らを案内した。沿岸水域に色つきの四角形と三角形が散らばっている。ジェイムズは島の北東部にある緑色の三角形を指さした。「あれがモンブラン号です。沿岸警備隊のヘリコプターが一時間ほど前に位置を確認しました。すぐ捕まえられるでしょう」

ピットがブリッジにいるうちにカッターは入り江を抜け、バミューダ諸島の西海岸を北上していった。そして二十分後、島の北端を回りこんでタンカーの迎撃態勢に入った。

ほどなくモンブラン号が煙突から薄い煙をたなびかせて水平線上に姿を見せた。ヴェンチュラス号が一キロ半くらいまで接近したところで、ジェイムズがタンカーに無線で、臨検のため停止を要請する旨を伝えた。

短い沈黙が下りたあと、船から返答が来た。「了解しました。乗船できるよう減速します」

「拒否された場合は？」とピットが尋ねた。

ジェイムズがカッターの前方甲板にある二五ミリ口径チェーンガン、ブッシュマスターを指さして、自信満々の笑みを浮かべた。「海上で船首越しに一撃すると、今でもびっくりするくらい効果があります」

タンカーが止まったところでカッターは横付けした。ジェイムズがピットとジョルディーノに顔を向けた。「乗船用の船に二席空きがあるかもしれません」

「ありがとう、艦長、お言葉に甘えよう」

二人が船尾甲板へ移動すると、ランチと呼ばれる原動機付きの小型船のそばに臨検チームが集まっていた。沿岸警備隊の武装兵四人にバミューダ警察の三人が加わっていた。警官の一人がジャーマンシェパードの綱を握っていて、犬が二人を見て一度吠えた。全員が乗りこんだところでランチが下ろされ、不安定な海へ解き放たれた。

タンカーに横付けするあいだ、ピットは娘のことを考えて一抹の不安に衝かれていた。梯子が下ろされ、ピットとジョルディーノは法執行官たちに続いて船へ上がった。

みすぼらしいTシャツを着てあご髭を生やした男が副船長と名乗り、丁重を装って彼らの乗船を歓迎した。

ブリッジのスタッフだけでなく乗組員全員が甲板に集まるよう、臨検責任者の沿岸警備隊大尉が要求した。タンカーの乗組員は国籍もさまざまだが、ピットは彼らにふつうでない荒々しさを感じた。

警備隊員一人が乗組員の見張りに就き、乗船チームが検査を開始した。ジョルディーノは警備隊員二人のあとから船尾へ向かい、ピットは警察犬を連れたバミューダ警察チームに同行した。犬は生死を問わず、人間のにおいを嗅ぎつける訓練を受けている。

ブロックハウスに入ったとき、シェパード犬がその能力を発揮し、三つ目の船室の前へ近づいたところで吠えはじめた。

ドアを開けると、犬の鳴き声にびっくりして寝台で目を覚ました乗組員が顔をしかめていた。彼らは船室から船室へ調べを続け、最後にブリッジに着くと、沿岸警備隊の大尉が立って船の登録情報と積み荷目録を調べていた。

「何か不適切なものは？」とピットが尋ねた。

大尉は首を横に振った。「すべて正常と思われます。この船は原油の積み荷を受け取るため、ベネズエラへ向かう途中です。警察犬はどうでした？」

「まだ何も見つかっていない」

「隅から隅まで徹底的に調べます。彼女がこの船にいるなら、私たちが探し当てる」

九十分後、船全体の調べが終わったが成果はなかった。ピットは犬のあとから調理室、機関室、前方船倉を通り抜け、ビルジ（船倉下部に溜まる液体）にまで入った。ピットは巨大な積み荷タンクから出たあと雑巾で手を拭いているジョルディーノと出合った。

「貯蔵タンクには何もなかった」と彼は言った。

船首から船尾までくまなく調べたが、精鋭チームの仕事は空振りに終わった。彼らが甲板に再集結を始めたとき、ピットは最後にもういちど船尾を歩いて回った。

彼は救助を求めるメッセージがペイントされた支柱に目を凝らした。白いペンキは最近塗られたばかりのようだ。娘がこの船にいたことを知っているだけに、今ピットは最悪の事態を心配していた。

彼は手すり越しに青海原(あおうなばら)をながめた。サマーの思い出に埋没しながら、遠くで始まりそうなスコールに目を凝らした。沿岸警備隊の大尉がランチへの再上船を命じたとき、彼は上部構造のほうを向き、その途中で動きを止めた。

そのときだった、頭上の展開架台に緊急救命艇がないことにピットが気づいたのは。

53

サファイア色の海から立ち上がったサンミゲル島はきらめくエメラルドを連想させた。アゾレス諸島最大の島であり、鮮やかな緑樹の層に覆われた火山群が空にギザギザの線をつけている。ブリジットの乗った飛行機がヨハネ・パウロ二世空港に着陸したとき、彼女は植物の繁茂する風景を見つめ、探検を楽しむ旅人としてこの島へやってきたならどんなにいいか、と思った。しかし、意に反して、自分の置かれた立場にはストレスしか感じていなかった。

あまり時間はない。船が迎えに来て、この先には長い航海が待っている。彼女はポンタ・デルガダの歴史的ダウンタウンにほど近い商業用波止場へ、タクシーで直接乗りつけた。指定された波止場にまだ船がいなかったので、スーツケースを転がして通りを渡り、小さなカフェの外に腰を落ち着けてエスプレッソを注文した。

携帯電話を調べると、〈研究所〉の同僚でもある歴史学者からメールが届いていて、ほっとした。メールには研究対象についての歴史的記述がいくつかと、その船の消失をテーマにした卒業論文がひとつ添付されていた。

ブリジットは文書を熟読してプロジェクトに自信を得た。フランス海軍の艦艇が姿を消した事件はいまだに謎のままだが、少なくとも自分には捜索の出発点がある。彼女はエスプレッソを飲み干して入り江を見つめた。

ポンタ・デルガダ港は長さ一キロ半ほどの人工防波堤と、その内側に築かれた桟橋から成る。クルーズ船や商業船舶が桟橋で荷物の積み下ろしを行い、護岸近くの大きなマリーナ二つにプレジャーボートが停泊していた。ブリジットが見た中でも指折りの整然とした港だった。

彼女の目は入り江に入ってきた赤い調査船にそそがれた。ナサルがくれた画像から、この船だとわかった。あれがモーゼル号だ。ブリジットは手荷物を集めて船を追い、燃料ドックへ向かった。埠頭を横切りながら、船の手入れが行き届いていること、船尾甲板に小さな潜水艇があることに気がついた。

舷門にたどり着いたが、あごに傷痕があってシャツを着ていない乗組員が船尾に現れてにらみつけてきたため、そこで足を止めた。男は節くれ立った指でブリッジに続く昇降口階段を指さした。

彼女はうなずきを返してから、ためらいがちに乗船した。ブリッジに上がると船長がいた。もじゃもじゃのあご髭に、無表情な黒い目。男は見下したように彼女を見た。

「あんたがファヴローか？」

「ええ。水中調査を行う予定よ」

「ボスから聞いている。カリブ海で」

「そう」ブリジットは言った。「すぐに場所と捜索グリッドをまとめるわ」

「それがあんたの仕事だ。おれたちは一時間後に出発する」男は彼女に背を向け、前方甲板を横断している黄色い燃料経路に注意を向けた。

「船室へ案内してもらえない？」

「ラファエル」船長は振り向きもせずに呼びかけた。

あごに傷跡があるシャツなしの男がやってきて、ブリッジ下の小さな船室へブリジットを案内した。彼女はドアを閉めて錠を回し、ドアハンドルの下に椅子を押しこんだ。

こういう手合いがアンリの仕事仲間なのだ。ひょっとしたら、彼も同類なのかもしれない。胃がきりりと痛み、ブリジットは最終目標に注意を向けようとした。何度か深呼吸して、ラップトップを取り出し、ナポレオンの遺体を運ぶ途中で消息を断った船の捜索グリッドを定める作業に取りかかった。

54

沿岸警備隊のカッターがバミューダ諸島の南海峡（サウス・チャンネル）に戻ってきて、キングズ・ワーフの波止場が見えてきたとき、ピットはNUMA本部と衛星電話で話していた。モンブラン号の緊急救命艇が消えていたことが彼の頭を悩ませていたが、それにはもっともな理由があった。それ以前には石油タンカー上に救命艇があったことを、イェーガーが衛星写真で確かめてくれた。

「乗組員はどう説明しているんだ？」と、ルディ・ガンが質問した。NUMAの副長官は状況を克明に追ってイェーガーとの三者会議に加わっていた。

「船長は、最近の嵐（あらし）で失ったと主張している。最近バミューダの周辺が嵐に見舞われたのは確かだが、やつらの居所には最小限の影響しかなかったはずだ」

「あの緊急救命艇には無線機が備わっている」とガンが言った。

「サマーがそれに乗っていたとして」ピットが言った。「モンブラン号が近くにいたから、無線の呼びかけをためらったのかもしれない。ジェイムズ艦長が空からの捜索救助活動を要請してくれたが、この地域は資源が限られている」

「私から海軍に働きかける」とガンが言った。「沿岸警備隊の手配がまだなら、P3哨戒機をあの海域上空へ飛ばそう」

「放射性廃棄物は？」とイェーガーが質問を投げた。

「その形跡はなかった。船を隅から隅まで調べたんだが」

「私が見当ちがいの船をマークした可能性もある」とイェーガーが言った。

「いや」ピットが言った。「船尾に見えた文字はサマーが記したものに間違いない。娘はあそこにいたんだ」

「私たちが見逃した入港地があったのかもしれない」イェーガーが言った。「衛星写真を引っぱり出してもういちど確かめてみる」サマーについては、誰も最悪のシナリオを認めたくなかった。

「もう別の船に拾われている可能性もある」ガンが言った。「関連する港湾局に通知しよう」

当面、自分たちにできるのはそれくらいだ。ピットにもそれはわかっていた。彼が通話を切ったところへジョルディーノが歩み寄った。「今、メッセージが来た。サン・ジュリアンから、可能ならいっしょに夕食をどうかって」

ピットはうなずいた。「さしあたり、これ以上できることはない。食欲が湧くといいが」

「そこはパールマターが補ってくれるさ」

サン・ジュリアン・パールマターから〈ウォーターロット・イン〉という店を提案されたとき、バミューダ諸島最高クラスのレストランなのだろうとピットは推測したが、そのとおりだった。海を見下ろす古色蒼然（そうぜん）とした一軒家の主食堂には海を題材にした絵画が飾られ、張りぐるみのクイーン・アン・チェアが古風な雅（みやび）を醸し出していた。

ピットとジョルディーノは隅のテーブルに案内され、そこでアラスカヒグマのような男がトレイにびっしり並んだ牡蠣（かき）をむさぼっていた。

「お二人さん、お久しぶり」と男は言った。「待っているあいだに前菜を試食したが、お気になさらぬように。図書館で腹を減らしてきたものでね」

ピットは声に出さずに笑った。パールマターは第一級の快楽主義者だ。メニューすべてを試食していても驚くには当たらない。

「バーにある酒を全部飲み干していないかぎりは問題ない」とジョルディーノが言った。彼とピットは席に着いて飲み物を注文した。

「ワシントンからの空の旅はどうだった？」とピットが尋ねた。

「じつに快適だった。二席分の代金を払ってくれてすまなかったが、ファーストクラスにアップグレードしたよ」パールマターは一四〇キロ近い巨体の持ち主で、彼が座る椅子の脚は例外なく試練にさらされる。

「サマーがいなくてがっかりだ」彼は真面目な口調で言った。

「タンカーにはいなかった」ピットは言った。「救命艇で脱出した可能性がある」

「サマーはちょっとやそっとじゃくじけない、機略に優れた女性だ。心配はいらないよ」パールマターはメニューのほうを身ぶりで示した。「料理を注文して、それからフランスの皇帝についてわかったことを報告しようと思うが、それでどうだね。この店はステーキも素晴らしいが、ぜひともお薦めしたいのはジャンボホタテだ」

彼らが夕食を注文し、パールマターが二人のリクエストに応えてフランス産赤ワインのボトルを追加したところで、話はナポレオンに移った。

「ポール・ラピヌというフランス人外交官に関する文書が格好の出発点になった」パールマターが言った。「文書の大半は〈バミューダ国立図書館〉にあって、そこを今朝訪ねてきた。興味深いことがひとつ。図書館員の話では、昨日フランス人の男女が訪ねてきて同じ資料を調べていった」

ピットとジョルディーノは顔を見合わせた。偶然の一致だろうか？「たぶんちがうな」

「それはともかく、彼の個人的な日誌には、一九四〇年にパリからやってきたあとのマルセル・デミルについていくつか言及があった。一九四二年二月にバミューダから緊急の出航をしたとのことだが、肝心のページが日誌からなくなっていたんだ。破り取られたようで」

「国の宝物に魔手が迫っている」とピットが言った。

「たしかに」

「じゃあ、そこで行き止まりか？」とジョルディーノが訊いた。

パールマターはワインをぐいっとひと口飲み、そのあとチェシャ猫のようににやりとした。「私は長年このゲームに携わってきた。情報を吸い出す方法はひとつじゃないってことだ。デミルの出発日時が手に入った時点で、港湾記録を詳細に調べるのは簡単だった。さいわい、この島に歴史家の知り合いが一人いて、その御仁（ごじん）がたちまち助言をくれた。島の博物館に保管されている港湾記録を調べろとな」

ピットが昔からの友人にバミューダへ飛んできてもらったのは、これが理由だった。

パールマターは世界的に有名な海洋史研究家であると同時に海事関連書物や入場券類の熱心なコレクターでもある。彼の鋭敏な頭脳と並はずれた調査能力は無数の水中プロジェクトでピットを支援してきた。

「一九四二年からは、何か?」とジョルディーノが尋ねた。

「戦時中だったこともあり、現地当局は厳重な見張りを欠かさなかった。私が調べた記録はじつに行き届いていた。それだけでなく、一九四二年に出入港した船舶の会計報告に願ってもない情報が見つかった」

「船舶一覧を見ただけでは」ジョルディーノが言った。「ナポレオンが飛び乗ったのがどの船かはわからなかった」

「まあ、そうだろうな。しかし、今回の情報には注目すべき一隻が含まれている。つまり、バミューダ諸島の港を出入りする船舶の大半は英米のものだったが、それ以外の国の不定期貨物船もここを利用した。ほとんどは南米から来た船だ。そのころには〈大西洋の戦い〉(一九三九年に始まり大西洋全域で行われた連合国と枢軸国の戦い)が始まって三年近く経っていたことも忘れてはならない」

「それで、その船にはどんな特徴があるんだ?」

「記録に残っている無数の船の中で、一九四二年二月にバミューダ諸島を訪れたフランス軍の船は一隻しかない。さらには、世界に類を見ない驚異的な艦船でもあった」

パールマターがワインをひと口飲み、劇的効果を狙(ねら)って口をぬぐった。「ほかでもない、かのスルクフだ」

55

「スルクフ?」ピットが言った。「まさか」

「いや、そうなのだ」パールマターが首を振ると、あごのたるんだ分厚い肉がゼリーのようにフルフルと震えた。

「フランスの巨大潜水艦じゃなかったか?」とジョルディーノが言った。

「当時、世界最大の」とピットが言い添えた。

「いかにも」とパールマターが言った。「全長一一〇メートルの巨艦で、二〇・三センチ連装砲一基二門と魚雷発射管十門を備え、甲板の防水格納庫には水上機が一機収納されていた」

「二、三年前に太平洋で見つけた日本の伊四〇〇型潜水艦に似ているな」とジョルディーノが言った。

「とても似ているが、スルクフが進水したのは一九二九年で、日本の潜水艦より十五年くらい早い。当時はまったくの驚異で、それ以前に建造されたどの潜水艦より一・五倍は大きかった。

だが、あの潜水艦には波瀾万丈(はらんばんじょう)の歴史があった。一九四〇年のナチスによるフランス侵略時には、どうにかこうにかイギリスへたどり着いたが、乗組員の忠誠心についてイギリス側から激しい疑念が示された。結局、戦争の初期に北大西洋で船団護衛の任に就くのだが、機械的なトラブルにたびたび見舞われた」

「その潜水艦がこのバミューダ諸島にいたというのか?」ピットが言った。「一九四二年二月に?」

「そうだ。七日に到着し、小規模の修理を受けたあと、十二日に出発した」

「マルセル・デミルから最後に届いたはがきの日付は十一日だった」ジョルディーノが言った。「彼が太平洋へ向かったことを示すものだった」

パールマターは注文したホタテ貝の最後のひとつを素早く平らげ、空になった皿をわきへ押しやった。「スルクフ最後の任務と完全に合致する。同艦は日本の攻撃に備え、タヒチ経由でニューカレドニアへ向かう途上だった」

ジョルディーノが片眉(まゆ)を吊り上げてピットを見た。「ちょうどタヒチへの旅を検討していたところだ」

「その話は忘れろ」ピットが言った。「スルクフがそこへたどり着くことはなかった」

「そのとおり」とパールマターが言った。「スルクフはパナマ運河へ向かう途上、カリブ海で消息を絶った。沈没した理由やどこで沈没したかを知る者はおらず、今なお第二次世界大戦最大の謎のひとつだ」

「Uボートに沈められたとか？」とジョルディーノが言った。

パールマターは首を横に振った。「その説を支持するドイツ側の記録はない。なので、貨物船と悪夢のような衝突を起こした可能性が高いが、最終的にはアメリカのA17対地攻撃機の誤爆で沈められたという説もある」

彼は前に身を乗り出し、ピットの腕を軽く叩いた。「サマーの発見がきみの最優先事項なのは承知だが、彼女を見つけたあと、きっときみはスルクフの捜索に着手したくなる」

ピットはパールマターに無言のうなずきを送った。

「素晴らしい。生易しい探索ではないだろうが、スルクフが最後にいた場所の断定に役立ちそうな調査資料が、いくつか自宅にある。便を変更して明日出発し、ただちに取りかかろう」

パールマターはワインを飲み干してグラスを掲げた。「サマーの無事の帰還と……

そして、高名な皇帝の捜索の成功に」

彼らの皿が下げられたところで、ジョルディーノが空港で買ったキューバ産の葉巻モンテクリストを取り出し、火を点けた。「ある意味、皮肉な話じゃないか？」

「どこが？」とパールマターが尋ねた。

ジョルディーノは葉巻を一服して、もうもうたる煙を天井へ吐き出した。「過去一千年で最高の陸の将軍が海底のどこかに眠っているってことさ」

56

ワシントンDC、NUMA本部

ハイアラム・イェーガーは自分から認めはしないし、特に自分の妻には絶対認めなかったが、じつは深夜労働をこよなく愛していた。部下が帰宅し、日々繰り返される試練という名の炎が消し止められた真夜中過ぎに、自分とスーパーコンピュータだけで生死に関わる問題の解決に尽力する。

コンサートのリハーサルを指図する交響楽団の指揮者のように、彼はコンピュータの電子データベースを操って無数のタスクを同時進行させる。ひとつのプログラムがバミューダ諸島周辺の大西洋の衛星画像を集め、別のプログラムがそれらを拡大して小さなオレンジ色の救命艇がいないかスキャンしていく。同時に、業界誌や港湾記録、AISの位置情報、モンブラン号とシャモニー号とその所有者に関する公的記録の検索も開始した。

午前六時、ルディ・ガンがドアから頭を突き出し、コンピュータのマエストロが並べた空のコーヒーカップの列を見てピューと口笛を吹いた。「遅くまで働いているんじゃないかと思ってな。飼い犬の朝食係じゃないことを祈っているよ」

「ファイドーにはまだ一、二キロ痩せられる余地がある」とイェーガーは言った。

「少ししたらダークが電話するそうだ。救命艇の調査に当たりはあったか？」

「まだないが、もうすぐ追加データをダウンロードする予定だ」

ガンは落胆に顔をゆがめた。誰も口にしないが、救命艇がタンカーを離れたあと沈められた可能性も考えなくてはならないと、彼は思っていた。それといっしょにサマーも……

「謎の二隻は？」

イェーガーは椅子に座ったまま上体をまっすぐ伸ばしてキーボードを引き寄せた。

「その方面にはいくつか興味深い結果を得た。覚えていると思うが、どちらの船も六年くらい前に購入され、ベイルートの持ち株会社に登録されている。幽霊会社を数多く探る必要があったが、〈ラヴェーラ・エクスプロレーション〉というフランスの会社が資金を出していることがわかった。二十五隻ほどの船団を持つ中規模の石油調査・運輸会社だ。最近、コルシカ・マフィアとつながって麻薬の密輸を幇助(ほうじょ)した疑いで、船の大半を国際刑事警察機構(インターポール)に押収(おうしゅう)された」

「会社の背後にいるのは？」

「イヴ・ヴィラールという男が会長で所有者だ。ルアーヴルでこの会社を一から築き上げた。麻薬の手入れを受けるまで違法行為の記録は見つからず、その問題でも彼自身は告発を受けていない」

「手元に残っている船が核廃棄物を運んでいるかもしれない点を除けば、だな」

コンピュータのベルが鳴り、イェーガーはバミューダ諸島のホテルの部屋からピットがかけてきたビデオ電話に応答した。イェーガーは救命艇捜索の最新情報とヴィラールに関する情報を提供した。

「今、沿岸警備隊から聞いたところによると」ピットが言った。「バミューダ警察がモンブラン号の船倉から表面のサンプルを採取し、ラボで試験した。産業爆薬の一般的な成分である硝酸アンモニウムの存在が確認された」

「ダークがきみに言ったことが確認されたわけだ」ガンが言った。「そのタンカーが放射性廃棄物と爆薬を運んでいたとすれば、楽しい組み合わせじゃない」

「パリに仕掛けた攻撃と同じような手口に訴えてくるかもしれない」ピットが言った。

「主要な給水設備の破壊を目標にして」

ガンとピットが話しているあいだにイェーガーはAISシステムのモンブラン号追跡記録を拡大した。臨検を受けたあと、同号はシステム上にふたたび姿を見せ、ベネズエラへ向かっていた。以前に記録された信号が、一週間前ワイト島にいたタンカーであることを示していた。イェーガーは過去の追跡歴を目立たせて、ルアーヴルまで船を追い、そのあと地中海まで追尾した。

「ルアーヴルにいたのはいつだ?」とピットが尋ねた。

イェーガーが追跡ラインに置いたカーソルをクリックした。「一週間ちょっと前だ」

「アルと私があそこでテロリスト集団に出くわした直後だな。地中海のどこにいたか見せてくれ」

船のたどった道筋が表示されている区域をイェーガーが拡大した。長期的な追跡データを見ると、船はマルセイユに一週間停泊したのち地中海を横断して東へ向かっていた。そのシグナルがキプロス島近くで消え、数日後にジブラルタル海峡から大西洋に入るまでずっと消えたままだった。

「またしばらく沈黙モードに入ったわけだ」と、ガンがコメントした。

ピットはつかのま考えた。「そのころ、イスラエルの給水施設が攻撃を受けていなかったか?」

「きみの言うとおり」ガンが言った。「大きな淡水化プラントが攻撃を受けた」

〈ソレク海水淡水化プラント〉が攻撃された記事と、ハマスが関与を否定したにもかかわらずガザ地区がロケットの報復攻撃を受けた記事を、イェーガーが呼び出した。

「モンブラン号がこの地域を黙々と航行していたときに起こった事件だ」とイェーガーが言った。

「なかなかの状況証拠だ」とガンが言った。「しかし、なぜイスラエルとフランスの給水施設を攻撃しようとするんだ?」

「大衆の恐怖心をあおるにはいい標的だ、今回がそれかどうかはともかく」とイェーガーが言った。

「そのとおりだが、それ以外にも何かの動機が働いているはずだ」ピットが言った。

「シャモニー号はわれわれに何を教えてくれる?」

イェーガーがAISのシャモニー号追跡記録を呼び出した。モンブラン号と同じく、衛星の追跡には途切れがあったが、記録はもっと詳細だった。履歴によれば、同船はアイリッシュ海に現れる前、何週間かルアーヴルの北で活動していた。

「ルアーヴルに近いあの海域は、まさにわれわれが調査していた場所だ」ピットが言った。「むきだしの溝に敷かれたパイプを横切ったのを覚えている。やつらはあの海域で仕事をする承認を、フランス当局から得ていたにちがいない」

イェーガーがその問題をコンピュータに入力した。しばらくして答えが来た。

「あの海域は〈アクエリアス・インターナショナル〉という会社に認可された沖合鉱物資源リース権の一部だ」イェーガーが言った。「きみたちの推測したとおり、この会社はベイルートを拠点にしている。あの二隻が登録されているのと同じ場所だ。ほかにも沖合鉱物資源のリース権を持っているか確かめよう」

彼の疑いはそれ以上の発見にはつながらなかった。「この会社は世界数十カ所に沖合鉱物資源のリース権を持っている」彼はその一覧を画面上に表示した。「インド、サウジアラビア、リビア、イタリア、ギリシャ、エジプト、そして、アメリカのロングアイランド沖にまで。それと、あれを見ろ。イスラエルにも」

「腑に落ちない」ガンが言った。「場所はすべて沿岸地域だ。今日の海底採掘はほとんどが深海域で行われている。これらの場所のほとんどでは、海底採掘に付随する環境保護承認が得られない。石油の掘削やガスの掘削も同じだ」

ピットはこれらの場所が意味するところに考えを凝らした。「アルと私はシャモニー号でフランスとイスラエルとアメリカにおけるパイプライン計画を見た。エジプトとインドの沿岸図もあった。彼らが求めているのは石油や鉱物資源ではないのかもしれない」

「なら、何だ？」とジョルディーノが尋ねた。

「水だ」

ガンが頭を掻(か)いた。「真水という意味か？」

ピットはうなずいた。「彼らがシャモニー号でパイプを敷設しているのなら、それ以外には考えられない」

「沖合から真水？」とイェーガーが疑問を口にした。

「そうだ。ルディ、何カ月か前にうちがアリューシャン列島沖で行った海底の地下調査を覚えているか？　われわれは海面近くに地質学者が言う帯水層を発見した」

「そうだった、あれは真水の帯水層だった。新しい調査装置があれを感知したんだ。その上の浸潤帯から採取した真水のサンプルはすばらしく純粋で、そのまま飲めるくらいだった。やつらはこういう場所に沖合帯水層を見つけて、それを開発しようとしているのか？」

「やつらの地震調査船にはそれができる技術があるのかもしれない」ピットが言った。

「あのリース地を見ろ。今後何年かで真水が欠乏する危険がある場所ばかりだ」

イェーガーがNUMAの気候モデリングの結果を出した。今後二十年間で最も深刻な水不足が予測される地域を示したものだ。世界地図上の小さな赤い点はリース地と一致していた。

「イスラエル、リビア、サウジアラビア、インド、パキスタン、そしてベルギーとイタリアの一部まで……そのすべてに照準を定めている」とイェーガーが言った。

「海底帯水層はその地域にとって天の恵みになるかもしれない」とガンが言った。

「しかし、そうはならない」ピットが言った。「もしも犯罪組織に支配された場合には。何十億ドルもの価値を生みかねない魅力的な事業だ」

「ずばりそのとおりかもしれない」イェーガーがヘブライ語から翻訳されたイスラエルのニュース記事を表示した。「ほんの何日か前の話だが、最近水不足に陥ったにもかかわらず、真水のパイプラインと真水を提供する〈アクエリアス・インターナショナル〉との契約が、次の会計年度まで持ち越されたとある」

「やつらは自分の手で需要を生み出しているわけだ」ピットが言った。「フランスに仕掛けているのも同じゲームにちがいない」

イェーガーはフランスでも、ノルマンディーで検討中の沖合水資源に関連する同様の記事を見つけた。

「すでに供給可能な水があるなら、どうしてテロ行為に訴えたりするんだ？」とイェーガーが疑問を口にした。

「社の船団の身動きが取れなくなっている」ガンが言った。「破産しかけていて、事業を加速化する必要があるのかもしれない」

こんな厄介な状況にサマーは足を突っ込んでしまったのかと、ピットは思わずにいられなかった。「やつらはますます自暴自棄になっているようだ。ほかにも何か準備しているにちがいない」

「フランスでか？」とガンが尋ねた。

ピットはシャモニー号の指令室で見た三枚の海図を思い出した。うち二つはイスラエルとフランスで、すでに攻撃を受けている。フランスでは警戒態勢が強化されているし、イスラエルでも同様だ。となれば、残るは、バミューダ諸島から攻撃圏内にある第三の標的。

ニューヨーク市だ。

57

サマーはふたたび船室に閉じこめられたが、今回は、モンブラン号のときのような居心地の良さとは無縁だった。今度の空間はちっぽけで、作り付けの机と簡易寝台しかなく、どうにか体を回せるくらいの広さだった。かつてヒュドロス号の無線室に使われていたが、寝台の薄いマットレスを除いて、すべての機器や配線、備品、装飾物が注意深く取り払われていた。彼女はかごの中のネズミになった気分で、密閉空間で唯一の贅沢(ぜいたく)は舷窓だった。

小さな窓から日中に大海原、夜に星を見つめるのが正気を保つよすがとなった。単調な生活は、不規則な時間に乗組員が訪れる一時的な恐怖によって破られた。食べ物とトイレの機会は与えられたが、そのあとはまた密閉された。

タンカーで過ごした数夜から正常な睡眠パターンを取り戻し、ぐっすり眠りこんでいたとき、ドアが勢いよく開けられて、照明が点けられた。いかにも凶悪そうな乗組員が二人入ってきて、彼女を立ち上がらせた。片方が背中に銃口を押しつけ、荒々しくドア口へ押しやった。

連行されたブリッジでは、ナサルが小さな海図台の前に座っていた。外の海と空は真っ暗だが、前方の水平線にぼんやりとした光があることにサマーは気がついた。ナサルが顔を上げ、向かいに座るよう合図した。それから手を振って、付き添ってきた二人を追い払った。「コーヒーは?」と尋ね、中身が半分になっているマグを彼女のほうへすべらせた。

時計を見て、午前三時とわかった。カフェインで気分が高揚するのはありがたいが、使用済みのカップを見て、彼女は首を横に振った。

「おまえは〈国立海中海洋機関〉の人間だろう?」

彼女がすぐに反応しないのを見て、ナサルは立ち上がり、隣のブリッジウイングのドアを開けた。小さな部屋に寒風が吹きこみ、サマーは身震いした。ナサルが海を指さした。「落ち葉くらい軽々と、舷側から落としてやることもできるんだ」

時刻を口にするときのような落ち着いた声でナサルは言った。しかし、脅しを強めた目の表情から、はったりではないとわかった。また体がブルッと震えたが、これは寒さのせいではなかった。

「そうよ」彼女は言った。「私は海洋学者なの」

「ニューヨークから出港したことはあるか?」

「ええ、何度も。先だって、ロングアイランド湾で海浜改修プロジェクトに携わったし」

ナサルはドアを閉めて椅子に座り直した。ハドソン川の下流とニューヨーク市への接近方法が描かれた海図を海図台にすべらせる。「おまえの国には行ったことがない。ニューヨーク周辺の水路について教えてくれ」

彼は海上交通の状況とニューヨーク市を取り巻くさまざまな通路について、サマーを厳しく尋問した。彼の質問にすべて答えたところで、彼女は自分からひとつ質問した。

「船に積んできた放射性廃棄物をどうする気?」

ナサルは彼女を見て微笑んだ。この女は自分の兄がテロ行為の容疑でパリの刑務所にいることを知らない。この女がここにいるのは出来すぎた話だ。こいつの遺体を船上に残すことができたら、兄妹両方への疑いが強まって、ダークは刑務所を出られなくなるだろう。

「あれは道具に過ぎない」彼は言った。「新たな水の需要をつくり出すための」

「どうやってつくり出すつもり?」

「ひとつは」彼は言った。「ハドソン川の水を今後一千年にわたり汚染することで」

58

ヴィラールはルアーヴルの北の丘陵に立つ秘密のアパルトマンのルーフトップ・パティオを行ったり来たりしていた。数多くの愛人たちとの逢瀬(おうせ)を楽しむ隠れ処として、数年前に匿名(とくめい)で購入した。女たちは彼の元から消えて久しいが、この場所は潜伏先として重宝している。

彼がここにいるのを知っているのは個人秘書だけだ。彼女が二、三日ごとに食料やワインといった補給品を買いこみ、部屋に近い階段に置いていく。彼は時間の多くをルーフトップで過ごして、残っている資源を管理し、計画を立てたり陰謀を企てたりしていたが、何より彼は心配していた。

追われる身になったような感覚。その多くは鎮痛剤が引き起こす強迫観念だったが、もっともな理由もひとつあった。フランスの警察から彼のオフィスに連絡があり、彼の会社が所有する二隻について事情を聴きたいと言ってきたのだ。警察が何も握っていないのは明らかだ。さもなければ、捜索令状を持っていきなりドアから入ってきただろう。それでも、警察に嗅ぎ回られているという事実はおだやかでない。

パリに仕掛けた攻撃の失敗が心に重くのしかかっていた。機密保持に抜かりはないとナサルは断言しているが、ヴィラールは確信を持てなかった。

ナサル自体、どこまで信用できるのか？　信頼を寄せている特殊部隊員だが、あの男も完全無欠を証明してきたわけではない。フランスの状況は混乱に陥ったし、イスラエルの状況はお預けを食ったままだ。希望は今、アメリカにある。しかし、ナサルにまかせて本当に状況を正せるのか？

そのうえ、ルブッフは早々の支払いを期待しているのにヴィラールには約束を履行できる資金がない。あのカポ（マフィアの支部長）に手紙を書いて配達業者に届けさせ、イスラエルとアメリカ、そして世界のあちこちで計画中のプロジェクトが大当たりとなる可能性を詳細に伝えた。資金繰りには今なお問題があるから、それぞれのプロジェクトに所有割合の提案をした。返事がないのは気がかりだ。

それでももうひとつ、ベルギーのダイヤという救いの可能性があった。バハマに強力な手がかりが見つかったからすぐそれを追跡すると、ナサルから報告があった。五千万ユーロあれば、多くの問題をたちまち解決できる。

遠くに英仏海峡の灰色の水を見つめながら、彼の考えはヘリコプターが近づいてくる大きな音に断ち切られた。湾岸部から丘陵の斜面をかすめるようにヘリが上がってきて、音がどんどん大きくなってきた。救急輸送機のようなオレンジ色と白色に機体が塗り分けられている。いや、それとも、救急輸送機なのか？

ヘリがアパルトマンのほうへ向かってくるにつれ、心臓がドキドキしてきた。急いで隠れようと、植物の大きな鉢植えの陰に身をひそめた。ヘリコプターは頭上をそのまま〈ルアーヴル・メディカル・センター〉のほうへ向かい、バタバタと空気を叩きつける音が耳に充満した。

ヴィラールはプランターをつかんでしゃがんだまま動かなかった。額を汗が滴(したた)り落ちる。燃え立つ目で手を震わせながら何もない空を見つめた。やがて怒りの感情が戻ってきた。

立ち上がり、自分の愚かさに心の中で悪態をついたあと、周囲の人々を呪(のろ)った。戦わずして倒れるつもりはない。まだ選択肢はある。しかし、すべてがひとつの問題に行き着いた。

ナサルは信頼できるのか？

59

ナサルはもどかしい思いをしながら、はるか先のロングアイランドにきらめく街の灯を見つめた。夜明けが近づいている。まもなく岸辺の光も消えるだろう。その時点で、暗闇に乗じてニューヨーク市を通り抜ける機会も失われる。

クルーズ船があてどなくロングアイランド湾を漂っているあいだ、彼は夜間作戦用の黒い服を着て、路地をうろつく野良猫のようにブリッジを行ったり来たりしていた。おとりにもってこいのボートが通りかかるのを待つ努力には、並はずれた忍耐力が求められたが、ついに操舵手（そうだ）が希望に満ちた声で呼びかけた。

「東から五ノット（時速約九キロ）で近づいてくる船舶あり。AISによればノガタック号という押し船（タウボート）です」

ナサルはレーダースコープでその船に目を凝らしてからコンピュータ端末へ歩み寄った。この地域のデジタル地図が拡大され、近くにいる全船舶の追尾（トラッキング）ラインが表示された。接近してくる船にカーソルを置いてクリックする。赤い色をした平べったい押し船の画像が現れた。低速で進んでいるところからみて、はしけを押している可能性が高い――これぞまさしく自分が探していたものだ。

ナサルは双眼鏡をつかんでブリッジウイングへ歩み出ると、船尾のかすかな照明が見えるほうへ体を向けた。押し船の走行灯といっしょに、船首先に斜めに突き出た明るいスポットライトにも目を凝らした。この距離からでも押し船の前に大きな黒いはしけが見えた。

彼は乗組員の一人に顔を向けた。「サマドを呼べ。進水デッキへ容器を運ぶよう伝えろ。目標を得た」

数分後、小さなゴムボートが船縁(ふなべり)から下ろされた。ナサルはその船尾へ向かい、サマドは船首に乗りこんだ。サマドは鉛の裏地がついた分厚い手袋をはめて、銀色の容器を両腕に抱えていた。

ナサルがスロットルを開け、ゴムボートをヒュドロス号から離れさせた。「身をかがめろ」彼は言った。「レーダー信号を避けられるように」

ナサルが押し船のはるか前方へボートを導くあいだ、二人とも座席に身をかがめていた。ナサルははしけの針路に位置を定めてからモーターを切った。押し船のレーダーに感知されずにすめば、はしけの音響の陰に素早く隠れることができる。船が針路を変えなければ、うまく隠れることに成功したということだ。

ナサルははしけが迫ってくるのを待ってスロットルを押し、前へ加速した。徐々に減速して横へ動き、黒い船体がそばへ来るようにした。

船首の席ではサマドがフォーメックスＰ１プラスチック爆薬の小さな塊を雷管、タイマーといっしょに容器に取り付けた。爆薬は容器を破壊して中身をまき散らせるくらい大きく、はしけの中で爆発が感知されないくらい小さい。サマドはこの装置を黒いテープで包み、タイマーを作動させた。そして波の途切れに立ち上がり、はしけの開いている貨物室へ装置を放り投げた。

そこでナサルがスロットルを全開にした。ゴムボートははしけの前方で速度を上げてから減速して横へ離れ、押し船とはしけに横を通過させた。小さなゴムボートがヒュドロス号へ戻ると、ナサルはブリッジに入って腕時計を見た。「川の入口との距離は？」

「六キロちょっとです」と操舵手が言った。「今の速度であと四十分」

「前進して近づいていけ。最初の橋でぴったり横付けしろ」彼は西のほうをちらっと見た。遠く離れていて今は見えないが、そこにはニューヨーク市のビルが高くそびえている。「新たに手に入れた案内人があの街の心臓部へ導いてくれる」

60

いつものことながら、エリック・ワトソンにとって深夜勤の最後の一時間はいちばんきつい一時間だった。長い夜を経て日が昇り、自宅に帰ってベッドにもぐりこんで眠りに就きたいという衝動が最大になる。港湾局の保安技術者は冷たいマグからぐいっとコーヒーをひと飲みした。携帯電話のプレイリストを押し、小さな音でイヤホンからピンク・フロイドのアルバムを再生しはじめた。これは夜の儀式になっていて、アルバムの終了時にシフト時間が終了する。

ブルックリン生まれのワトソンは、〈緊急時対応センター〉のコンピュータ・モニターと壁一面のビデオ・ディスプレイの間に座っている十二人の男の一人だった。この都市の交通インフラの安全を監視する〈ニューヨーク・ニュージャージー港湾公社〉の緊急指令センターに属している。ジャージーシティの〈港湾公社技術センター〉内にこの部隊(ユニット)が創設されたのは、九・一一同時多発テロがもたらした直接的な結果だった。

ワトソンは橋の担当者で、ニューヨーク市に架かる橋のうち十二本に事故や器物損壊や交通渋滞がないか、その監視に責任を負っていた。一対のコンピュータ端末は十二の橋全体から送りこまれてくるビデオ映像だけでなく、刻々と変化するバックグラウンド大気の数値も提供している。

ワトソンが少し時間を取ってシフト日誌を更新していたとき、データ画面のボックスが赤く点滅しはじめた。彼は日誌の作業をわきに置き、警報の性質の理解に努めた。「スロッグスネック橋」と彼はつぶやいた。心臓が激しく高鳴りだした。昨夜警報を受け取った容疑の対象がこっちへ来たのかもしれない。

もうひとつのモニターを見て、市の東側にあるスロッグスネック橋から二つのビデオ映像を読み出した。陸上輸送のショットには、ブロンクス区とクイーンズ区を結ぶこの橋を猛スピードで渡っていくひと握りの早朝通勤車しか映っていなかった。どれも乗用車で、車道上に目に見える瓦礫(がれき)はない。

橋の下の水路に映像を切り替えた。大気モニタリング装置の横にカメラが取り付けられている。赤く燃える朝日の中、押し船を動力にした大きなはしけが下を通過していき、開いた貨物倉に石油のドラム缶が詰まっていた。カメラのズームレンズで画面を徐々に拡大して、押し船の名前を判別した。ノガタック号。数秒後、小さな旅客船が画面に入ってきた。押し船のすぐ横をついていく。

ワトソンは部屋の前の大きなビデオ画面に映像を転送し、ヘッドセットを通じて大きな声で責任者に呼びかけた。「警部、スロッグスネック橋にセシウム値とストロンチウム値の上昇を検知。いま通過した押し船とはしけに関係する化合物濃度です。押し船の名前はノガタック号」

「確認した。測定値は閾値を超えているものと判断。待機せよ」

ワトソンが少し待っていると、ヘッドセットに警部の声が響き渡った。「海事局に通報した。すべての測定値に目を光らせていてくれ。いい仕事だった、ワトソン」

「恐れ入ります」技術者は監視を再開した。脈拍は速かったが、自尊心が顔に笑みをもたらした。その直後、ヘッドセットにまた警部の声がとどろいた。

「もうひとつ、ワトソン」

「はい？」

「今後、勤務中のピンク・フロイドは禁止する」

61

バミューダ諸島からの早朝便に乗ったピットとジョルディーノがジョン・F・ケネディ国際空港に降り立つと、NUMAのターコイズ色のヘリコプターが燃料を注入されて一般航空ターミナルで待機していた。二人は格納庫に手荷物を投げこみ、ピットがDCのルディに短い電話をかけた。すでにルディから国土安全保障省の長官に通知がなされ、東海岸の主要な港と水処理施設すべてに厳重警戒態勢が発令されていた。

「ニューヨークの港湾当局は」ルディ・ガンが言った。「放射性物質を搭載して市に接近する船の検出能力に自信を表明している。港の接近経路にセンサーがあり、入ってくるすべての船がスキャンされる。マンハッタンへの接近路を空中から監視する探知ヘリコプターもある」

「しかし、接近する船が放射性物質を隠せる可能性もあるのでは?」とピットが尋ねた。

「試みることは可能だが、鉛製の潜水艦の底にでも隠してこないかぎり、発見される可能性が高い。港湾当局の検出装置はきわめて敏感だ」

「自分たちが何を捜しているのかわかったら、少しは気が楽になるんだが」

「ハイアラムと国土安全保障省が連携して、北欧からの船でモンブラン号と海上で待ち合わせた可能性がある全船の識別に取り組んできた。手ごたえは充分とハイアラムは考えている。彼は〈アクエリアス・インターナショナル〉、〈ラヴェーラ・エクスプロレーション〉両社に関連する船舶の捜索にも取り組んでいる」

「やつらはフランスとイスラエルで飲料水処理工場を襲撃した。ニューヨークにも同様の目的があると想定しなければならない。市の主要施設はどこにある？」

「飲料水の大半はニューヨーク州北部の貯水池に集められ、三つの主要な導水路(アケダクト)で送られてくる。この水はきわめて純粋なので、水の処理が必要な主要施設は二つだけだ。市の三二キロ北にある〈キャッツキル・デラウェア紫外線消毒設備〉」ガンが言った。

「そこで市に運ばれるすべての水が処理され、水量は日量七五億リットルとのこと。もうひとつはブロンクスの地下にある〈クロトン浄水場〉で、〈クロトン貯水池〉から来る市の飲料水のおよそ三分の一を処理している。施設は〈モショル・ゴルフコース〉の下にあるから、こっちのほうが少しアクセスが難しい。国土安全保障省とニューヨーク市警が両施設に追加の治安部隊を配置した」

「その座標を送ってくれ、アルと私は上空から見る。ほかに標的になる可能性がある施設はないか？　導水路自体や貯水池についてはどうなんだ？」

「危険にさらされる可能性がある貯水池は、いくつかある。もし汚染されたとしても、その水は封じこめることができるので、影響は小さいだろう。座標を送る。導水路では〈デラウェア導水路〉が最も重要だが、ほかの二つの導水路同様、地下深くにあるから、アクセスは不可能と言ってもいい」

「ハイアラムにシステムの難所（チョークポイント）をいくつかシミュレートして、どんな結果が出るか確かめてもらってくれ」とピットが言った。「われわれはすぐ空中に上がる」

ジョルディーノがヘリの飛行前チェックを済ませたところへピットが近づいた。

「まだ空に上がる理由はあるのか？」とジョルディーノが訊いた。

「ただの遊覧飛行になるかもしれないが、念には念を入れよう」

「乗り物で景色を楽しむことができる、貴重な場所だしな」

ピットはベル505ジェットレンジャーの操縦桿（かん）を握って離陸した。ＪＦＫの空域を越えたあと南西へ向かって、多くの島が点在するジャマイカ湾を飛び越え、ブルックリンのブライトン・ビーチを回りこんでロウワー湾上空に入った。

空はどんよりと雲っていたが、風は弱く視界は良好で、彼らはワシの目を持つかのようにニューヨーク市へ入る主要な海上交通路を観察することができた。威風堂々としたヴェラザノ・ナローズ橋の上空を低空飛行しながら、ピットはナローズ海峡をたどってニューヨーク港へ入った。ベイヨンとニューアークで円を描くように大きなコンテナ船の港の上空を通過し、東へ戻ってブルックリン区のレッド・フックの港へ向かった。ジョルディーノが数えたところ、港内もしくはニュージャージー側で移動中のコンテナ船は十隻以上いた。ニューヨーク側にも同じくらいの数のタンカーと貨物船がいた。「港湾当局の坊やたち、今日は交通の確認で忙しくなるぞ」彼はヘッドセットを通じて言った。

「それに対処する態勢は整っていると、ルディが主張している」

ピットは自由の女神像を通過してハドソン川を北上し、ロウアー・マンハッタンにそびえ立つオフィスビル群を通り過ぎた。たいていの人なら、スカイラインの壮観な景色に目を奪われるところだが、ピットは川と数多くの水上船から注意をそらさなかった。はしけ、フェリー、小型貨物船、パワーボート、そして少数ながらヨットもいる。

そのどれもがピットの不安をあおった。放射性物質が高速船に移し替えられていたらどうなるのか？　それでも港のセンサーは反応するのか？　そして、サマーは放射性物質といっしょにあの船のどれかにいるのか？

ヘリはジョージ・ワシントン橋とマンハッタン島の北部を通過し、そのあとピットは東に方向を転じてブロンクスの上空に差しかかった。ガンがくれた座標のひとつ目、〈モショル・ゴルフコース〉の広大な緑地が近づいてきた。ピットはグリーンがいくつか見える塀に囲われた円形領域の上空にヘリを静止（ホバリング）させた。この下に、四層にわたって岩盤まで掘られた〈クロトン浄水場〉がある。

「サンドウェッジを振らないかぎり、近づくのは難しそうだな」とジョルディーノが言った。

ピットは周囲の風景に目を凝らした。「ハドソン川から二、三キロある。ここへ物質を運ぶには陸上輸送も必要になる」

警察車が何台か周囲を取り囲んでいる、とジョルディーノが指摘した。「警備はきわめて厳重そうだ」

ピットも同意した。「紫外線消毒施設までの距離は？」

ジョルディーノがベルの飛行システムに座標を打ちこむと、誘導マップが現れた。

「二、三キロといったところだ」

ピットは北へ向かい、ブロンクスをあとにしてウェストチェスター郡の上空を飛んだ。ヴァルハラという小さな町の近くで丸屋根の大きな工業用建物にたどり着いた。

ジョルディーノがGPS装置に目を凝らす。「あれが紫外線消毒施設だな」

ピットはその周囲に円を描きながら高い境界フェンスを観察した。さきほどのプラントと同じく施設の多くは地下にあり、ニューヨーク市の飲料水はそこで紫外線の殺菌処理を受ける。「こっちもしっかり管理されている感じだ」

ジョルディーノがピットの腕を軽く叩いた。ピットがちらっと目を向けると、ジョルディーノは携帯電話を掲げていた。

「おれたちの警告が功を奏したようだぞ」ジョルディーノは言った。「ハイアラムからのメールだ。イースト川で放射性物質を積んでいる船舶をキャッチしたと、港湾当局から報告が来たそうだ」

62

ピットの操縦するヘリコプターはヴァルハラからイースト川までの三〇キロ強を数分で移動し、ブロンクス上空を低空飛行しながら川へ近づいていった。ヘリはホワイトストーン橋の近くでこの水路にたどり着いたあと、東へ旋回した。三キロほど離れたところにスロッグスネック海峡に架かる別の大きな橋があり、そこがイースト川とロングアイランド湾の合流点だ。ただし、イースト川は実際には川ではなかった。じつは、潮の満ち引きで流れが変動する潮汐（ちょうせき）海峡なのだ。マンハッタンの東側を通る曲がりくねった水路でロングアイランド湾とアッパー湾の間に海水を運んでいる。

二本の橋の間にはプレジャーボートが数隻と、橋の北側近くに係留されている大型船一隻しかいないことにピットは気がついた。この大型船は、隣接する海岸線を占有する州立ニューヨーク海事大学の新しい練習船、エンパイアステートⅦ号と判明した。

ピットはロングアイランド湾にたどり着くと、ヘリの機体を傾けて旋回し、西への流れに沿って川をたどり直した。ホワイトストーン橋の先の水面に光が点滅していることに、彼はすぐ気がついた。

橋に接近してそこを飛び越えたとき、ジョルディーノが前方を指さした。「ライカーズ島で停止を命じられた船がいるみたいだ」

長さ二キロほどのライカーズ島は川のど真ん中に鎮座していた。高い壁と有刺鉄線は島の大半を占める悪名高い刑務所のものだ。しかし、ピットが目をそそいだのは、北側の刑務所埠頭近くにいるはしけと押し船だった。ニューヨーク市警の巡視艇三隻が怒ったスズメバチのようにその周囲に群がっていた。

船舶の上空を通過するとき、ピットとジョルディーノは、はしけの船倉にスチール製ドラム缶の大きな貨物があることに気がついた。

「あのいくつに放射性廃棄物が詰めこまれているんだろうな」とジョルディーノがつぶやいた。

押し船の船長らしき禿げ頭の男が甲板に立ち、タトゥーの入った腕を両方上げて警察官と話していた。巡視艇から、少なくとも五人の警官が男に銃口を向けていた。ラガーディア空港に近い川の南岸で、危険物対応チームのそばにSWATチームが集まって、刑務所のボートで島へ運ばれるときを待っていた。

ピットとジョルディーノが上空にホバリングしているあいだに押し船が捜索を受け、乗組員三人全員が手錠をかけられて岸へ連行された。ピットはサマーが甲板に出てくるのを待ったが、乗客は一人もいなかった。

「青い制服の坊や（警察官）たちが事態を収拾したようだ」とジョルディーノが言った。

「かもしれないが」ピットが言った。「何かおかしい気がする」

「押し船か？」

ピットがうなずいた。「外洋船のたぐいじゃない。バミューダ諸島からここまで、はしけを押してきたはずはない」

「ロングアイランド湾のどこかで貨物を積み替えた、という可能性もある」ジョルディーノが言った。「しかし、あの押し船のパイロットは、おれたちがフランスで会った連中に似ているとは言いがたかった」

「ハイアラムに、最近あの湾に入った船舶をすべて調べてほしいと伝えてくれ」ピットはベルの燃料計をちらっと見て、ヘリコプターを操縦する身体的緊張を手足に感じた。「JFK空港でガソリンを補給しよう」

十分後、タールマカダム舗装の上に着陸したピットは地上スタッフに急いで燃料を補給してほしいと伝えた。ジョルディーノがイェーガーに到着を知らせ、携帯電話のスピーカーボタンを押した。

「放射性廃棄物を積んだ船は見えたか?」とイェーガーが訊いた。

「見えた」ジョルディーノが言った。「しかし、おれたち二人は疑い深いトマス（福音書に登場する十二使徒の一人）になっている」

「無理もない」とイェーガーが言った。「港湾当局の話では、放射能ははしけ全般に検知されているが、最初に検出されたような高濃度ではない。少し前に交通状況を調べたところ、過去四十八時間に湾に入った大きな船舶はひと握りしかいない。プロヴィデンス（ロードアイランド州）行きの貨物船数隻と自動車運搬船が一隻、ニューヘイヴン（コネティカット州）から来た石油タンカーが一隻だ。AISでバミューダ諸島への立ち寄りが確認できたものはない。あの押し船とはしけもプロヴィデンスから来たものだ」

「そういえば」イェーガーが続けて言った。「あのはしけを追跡するために衛星画像を見直していたとき、AISに出てこない小さな船がいたな」

「その船は今、どこにいる?」とピットが尋ねた。

「わからない。イースト川に入る手前では、はしけと同じ映像に映っていた。ちょっと待ってくれ」

イェーガーがキーボードを叩く音が電話から聞こえてきた。「写真を識別検索にかけたところ、エジプトのアレクサンドリアを拠点にする船舶がヒットした。いま写真を送る」

「ずいぶん遠くから来たもんだな」ピットが言った。「貨物船か?」

「いや」イェーガーが言った。「ギリシャのクルーズ船だ」

63

ヒュドロス号のブリッジの下にある船室の寝台でサマーはもぞもぞと体を動かした。朝日が隔壁の窓を通って部屋にオレンジ色の光を投げていた。窓の外に動きを感じて体を起こし、丸いガラスのほうへ目を凝らした。船はすべるように進んでいて、高くそびえるコンクリートの建物のそばを通過した気がした。サマーは二度瞬(まばた)きしたあと、それがヤンキー・スタジアムの入口であることに気がついた。

この光景を見て彼女は顔をしかめた。ナサルがニューヨークへ向かうつもりなのはわかっていたが、この街を現実に見ると、差し迫った危険に身を切られる心地がした。船がマンハッタンの北にいることの意味に考えを凝らしていたとき、特殊部隊の男が二人、船室に入ってきた。

「階段を上がれ」片方が天井を指さした。

サマーが二人に付き添われてブリッジへ上がると、操舵輪の前にナサルがいた。

「母国を見たいんじゃないかと思ってな」彼はゆがんだ笑みを浮かべた。

「まったくとてつもない街だ」

いま船は狭い水路を通っていた。前方に橋が何本も架かっていて、工業用の建物が並んでいる。ハーレム川だ。隊員の一人に腕をつかまれ、ブリッジの後方へ引っぱられたため、風景は途切れた。片方の手首にスチール製の手錠がかけられ、もう片方が後部隔壁に取り付けられている太い真鍮製の手すりにつながれた。

彼女が見守るうち、船はヘンリー・ハドソン橋の下を通過し、すぐハドソン川へ入った。驚いたことに、船は上流へ向かい、マンハッタン島から遠ざかっていった。

水路の交通量が減ってきたところでナサルが速度を上げるよう命じた。

隊員が全員姿を見せた。軍人が着用する作業着の上にゆったりとしたつなぎの服を着ている。彼らはあわただしく船内を動き回った。施錠されたキャビネットから自動小銃が回収され、追加のマガジンが分配された。乗組員二人が船首近くで甲板のハッチを開き、灰色のビニールに包まれた爆薬の木箱を取り出した。サマーがモンブラン号に乗ったとき見たものだ。後部のどこかには放射性廃棄物が保管されている。

恐怖の感覚が押し寄せてきた。彼女は本能的に手錠を引っぱった。ナサルの破壊計画がまさにこれから展開しはじめるのだ。自分はそのすべてを最前列で見物することになる。

64

ピットはベル505ジェットレンジャーでJFK国際空港から西へ向かい、ブルックリン区を横断して同区の有名な橋の高い尖塔(せんとう)にたどり着いた。アッパー湾との合流点からイースト川を引き返し、ギリシャのクルーズ船を捜していった。ロウアー・マンハッタン周辺には放射線検出ステーションが充実しているから、船がここまで南へ来ていたなら嗅ぎ分けられたはずだ。

ピットとジョルディーノが両岸を調べていくとき、すでに川の南側は荷を運んでいく朝のはしけでにぎわっていた。ワーズ島へと続く狭い水路をヘルゲートへ進んでいく。その先がイースト川とハーレム川の合流点だ。ここの荒れ狂う水はオランダ人が最初に入植してきたころまで船の沈没を引き起こしてきた。その少し先へ飛ぶと、ライカーズ島がぬっと姿を現した。

ジョルディーノは前方の水域に目を凝らしたが、何もなかった。「クルーズ船説は誤った情報かもしれない」

「ロングアイランド湾を出ていないのかもしれないぞ」

ジョルディーノの携帯電話が震え、彼はメッセージを読んだ。「どっちも間違いだ。ハイアラムによると、スロッグスネック橋のビデオカメラに例のはしけと並んで橋の下を通過したところが映っている」

「放射能のおとりか」ピットはヘリコプターを減速させて、空中静止した。眼下のイースト川の暗い水を見つめ、マンハッタンへと曲がりくねっていく水路に目を凝らした。自分たちがヒュドロス号の上を通過しておらず、その船が針路を反転していないとすれば、向かう方向はひとつしかない。

「ハーレム川を調べるよう、ハイアラムに伝えてくれ」ピットがコレクティブレバーのスロットルを回すと、ヘリコプターは前へぐんと加速した。

彼らはヘルゲートへ戻って北西へ方向転換し、ハーレム川をたどっていった。じつはイースト川と同じくハーレム川も潮の満ち引きで流れが変動する潮汐海峡で、ニューヨーク市の技術者たちが何十年かかけて水路を変更してきた。マンハッタンを島に生まれ変わらせたこの水路にはブロンクスから十四もの橋が架かっている。

ピットは上流へ向かって川をゆっくりさかのぼり、それぞれの橋の上で空中静止してクルーズ船を捜していった。

川幅が細く交通量は少ないが、イースト川へ向かう小さな貨物船が一隻いて、ギリシャの船が通れるだけの深さが川にあることをピットに教えてくれた。彼のヘリは川を一〇キロくらいたどり、ハーレム川運河の上空で西へ急旋回した。一八八〇年代に商業輸送を強化するため拡張された水路だ。

建物が密集する東岸からヤンキー・スタジアムが立ち上がるころ、ジョルディーノの携帯電話にまたイェーガーからメールが届いた。「われわれは正しい方向を向いている。街のこの一帯に放射線センサーはないが、ハドソン橋のビデオカメラが一時間くらい前、問題の船が通り抜けたところをとらえていた」

優美なアーチを描く橋が出てきたところで、ピットはスロットルを全開にした。ヘリコプターがその上空を通過したとき、コクピットの窓にハドソン川が広がった。川幅は一キロ半くらいある。

ピットが川を横断して南へ機を傾けはじめたとき、ジョルディーノが彼の腕を叩いた。「船が向かったのは北だ」と彼は言った。「北上中の船をカメラがとらえている」

ピットは北へ方向転換した。両岸を見渡せるようゆるやかにジグザグを描きながら上流へ向かっていく。タリータウンのマリオ・M・クオモ橋へたどり着くまでに彼とジョルディーノの目がとらえたのは、はしけが一隻と、ひと握りのプレジャーボートだけだった。

「〈クロトン浄水場〉はとうに過ぎていて、もうヴァルハラの紫外線消毒施設のわきまで来ている」とジョルディーノが言った。クルーズ船の形跡はどこにもない。

「標的は貯水池のひとつにちがいない」

さきほどイェーガーから送られてきた情報をジョルディーノが引き出した。「ヴァルハラの北に〈ケンシコ〉という大きな貯水池があるが、すでにおおよその見当はついている。さらに北に、もうひとつ貯水池があるらしい」

「だったらこのまま飛びつづけよう」

川をたどっていくにつれて市街地が遠ざかっていき、ハドソン・ヴァレーの緑豊かな風景が眼前に広がってきた。ピークスキルに近い〈インディアン・ポイント原子力発電所〉の周囲の水上を仔細に調べ、そのあとまた北上を続けた。一五キロくらい進んだところで、西岸のウェストポイントの断崖に立つ〈アメリカ合衆国陸軍士官学校〉を飛び過ぎ、次にコンスティテューション島という大きな島の上空に差しかかった。

その少し先で川は右へくの字を描いていた。その曲がり目へ来たところでピットとジョルディーノは前方を見た。カーブを回りきったところで、どちらの目にもそれが見えた。色あせた青色のクルーズ船がハドソン川の真ん中を上流へ疾走している。

ヒュドロス号だ。

65

ピットは高空からクルーズ船の左舷側へ接近した。船首が角度を変えて東岸へ向かい、航跡が先細ってきて、減速しはじめているのがわかった。ピットは前方をちらっと見て、八〇〇メートルほど先で高速道路の橋が川を横断していることに気がついた。

「どこかへ入りこむ気だ」

「左にはニューバーグの町があるが、反対側にたいしたものはない」とジョルディーノが言い、飛行システムの地図に目を凝らした。「ハイアラムのデータによれば、〈デラウェア導水路(アケダクト)〉があの橋のすぐ北で川の下を横断している。しかし、それがあるのは地下数十メートルだ」

彼らはクルーズ船に目を凝らしながら接近していった。船殻に塗られた暗い青色のペンキが色あせて途切れている箇所があり、主甲板の真鍮製手すりは鈍い色で腐食が進んでいた。長年太陽と海にさらされて、舷窓までがぼやけた感じだ。それでも、全木造の古典的な設計にあらは見えない。一段高くなった船首から開放的な扇形船尾まで、豪華客船の優雅な線形をとどめていた。

最初、甲板にひと握りの乗組員が見えたが、ヘリコプターが接近するにつれて彼らは姿を消した。甲板沿いにも、アッパーテラスの小さな温水浴槽のまわりにも乗客はいない。しかし、甲板上に目を引く光景がひとつあった。

「あの救命艇を見ろ」とピットが言った。

左舷甲板に沿って、後部座席の上だけが覆われている白い開放型救命艇が二艘（そう）あった。しかし、その隣の吊り柱（ダヴィット）からぶら下がっているのは、明るいオレンジ色の全閉囲型救命艇だった。この船のダヴィット機構には大きすぎるようで、ほかの二艘が甲板上に格納されているのに対し、ロープで舷側上に吊り下げられていた。

「モンブラン号から消えた一艘とぴったり合致する」とジョルディーノが言った。

サマーが使ったかもしれない一艘だ、とピットは胸の中でつぶやいた。彼はヘリコプターを船尾上空へ誘導し、右舷甲板沿いと上のブリッジをざっと見渡した。

「危ない！」とジョルディーノが叫んだ。

ヘリを左へ急旋回させる直前、ピットの目は三つの光景をとらえた。

ひとつ目は、進水準備をして右舷甲板のすぐ下に下ろされているテンダーボート。

二つ目は手すりのそばに積み上げられた木箱で、灰色のビニールに包まれた貨物が中に入っていた。三つ目は隔壁のそばにしゃがんでいる二人の男で、どちらもヘリコプターにアサルトライフルの狙いをつけていた。

この二人が発砲すると同時にジェットレンジャーは離れはじめたが、この距離で狙いを外すことはない。片方の集中射撃で弾がヘリコプターの機首を貫通し、操縦士二人の間の航空電子制御盤を粉砕した。もう一人の集中射撃は後方の床板をかみ砕き、その先の機械に襲いかかった。

船から離れようとピットは機体を大きく傾けた。まず西岸の方向、そのあと下流の方向へ。制御盤が真っ暗になり、ピットの隣でジョルディーノが必死に電子機器を甦(よみがえ)らせようとした。電子機器が焼けたとき特有の刺激的な臭(にお)いが機内に満ち、続いて座席の後ろから煙がひと筋立ち上った。

意外にも、操縦装置の感触はふだんと変わらない。

次の瞬間、タービンの近くでバンと音が炸裂(さくれつ)した。操縦桿が震えだし、回転翼(ローター)の悲しげな音がキャビンに響き渡る。ジェットレンジャーはまだ揚力、推力ともに維持していたが、長くは持たないだろう。ハドソン川の西岸を疾駆しながらピットは着陸地点を探した。岸は木々に覆われていたので、いきなり電源が切れた場合に備えて川の上空にとどまった。

前方にコンスティテューション島がぬっと現れ、ジョルディーノが島の真ん中の開けた区画を指さした。しかし、近づいてきたところでそこが沼であることにピットは気がついた。西岸を離れずに飛ぶうち、コクピットに煙と油の燃える臭いが充満してきた。手の中の制御装置は鉛と化し、タービンが苦しげにうなりを上げ、きしみを立てはじめた。不具合の盛り合わせでヘリ全体ががくがくしている。

ピットの目が前方の小さな波止場と、その上の建物が並んでいる断崖をとらえた。しかし、断崖の向こうの手前側に広々とした芝生の運動場がある。彼は機能不全に陥ったヘリの機首をその空き地へ向け、ジョルディーノに叫んだ。

「衝撃に備えろ！」

66

ダリオ・クルス大尉が〈陸軍士官学校(ウエストポイント)〉の士官候補生部隊をライフル射撃場へ行進させていたとき、ハドソン川の上空からエンジンが止まりかけたプスプスッという音が聞こえてきた。大尉が運動場を見渡すと、ターコイズ色のヘリコプターが悲惨な状況に陥っていた。黒煙をひと筋たなびかせ、タービンの筐体から炎が噴き出している。ローターがたてる大きな音も死にかけたタービンモーターのかん高い音を隠せなかった。

クルスが見守るうち、ヘリは川の上空をさらに漂い、機体を傾けて急旋回し、彼の前の断崖へまっすぐ落下してきた。

「みんな、伏せろ!」クルスは仰天している士官候補生たちに叫んだ。率先して地面に伏せる。

その直後、ヘリコプターは彼らの上空にいた。動力が最後の力を振りしぼって機体を川からふわりと上昇させ、断崖への激突を免れた。ヘリはうつぶせになった士官候補生たちの四、五〇センチ上をかすめ、そのあと数メートル離れた芝生に激突した。

衝撃で横の扉がパッと開いて煙がもうもうと噴き出したが、誰も外へ出てこない。クルスはパッと立ち上がり、全速力でヘリに駆けつけた。パニックに陥ったのか、負傷して動けないのか、外へ出てこない乗員を引っぱり出さなければならない。

回転をゆるめるローターの下に頭を引っ込めたとき、制御装置の前で背の高い男が電源を切り、背の低いほうの男がくすぶった機械に消火器を噴射しているところが見えた。数秒後、二人とも落ち着きはらった様子で外へ出てきた。

「驚かせてすまなかった」ピットがそう言って歩み寄った。「針路に人がいるとはわからなかったので」

クルスは首を横に振った。「たいした腕前だ。間違いなく川に飛びこむと思ったよ。アフガニスタンでブラックホークがやられるところを何度か見たが、あんなふうに立て直したのは初めて見た」

クルスは機首に走っている縫い目のような弾痕に気づき、煙を上げているヘリコプターを指さした。「銃撃されたのか？」

「小型の武器で撃ってきた」ピットは認めた。「川の上流へ放射性物質を運んでいる船がいる。給水施設に攻撃を計画しているテロ集団だと、われわれは考えている」
「もうひとつ」ジョルディーノがピットに言った。「通信システムがアウトになった
から伝えられなかったが、ブリッジに女性がいた。赤毛の長い髪の」
「サマーか?」
「断言はできないが、だと思う」
ピットの胸に安堵の波が押し寄せたが、直後に怒りの波が続いた。その感情を払い
のけて、いま取るべき行動に考えを集中し、クルーズ船に目を向けた。「そいつらを
阻止するのに力を貸してもらえないか?」
クルスはヘリコプターの側面で黒焦げになったNUMAの文字を見て、そのあと超
然としている操縦士二人を見た。何者かは知らないが、妄言でないのはわかった。
彼は素早くうなずいた。「ああ、もちろんんだ」

67

サマーの目は手錠でつながれているブリッジの後方から、ほんの一瞬、ヘリコプターをとらえた。それでもまだ自分の目が信じられなかった。めずらしいターコイズ色から見て、NUMAのヘリコプターにちがいない。自分がどこにいるか、誰かが突き止めてくれたのだ。しかし、ナサルの隊員たちがヘリに発砲を始めたとき、彼女の喜びは恐怖に変わった。

「あれは警察じゃない！」と彼女は叫んだ。

火を噴いて煙をひと筋たなびかせながら機体を傾けて離れていくヘリコプターに、彼女は目を凝らした。一瞬、副操縦士の姿が見えた。飛行士用眼鏡に顔は隠れていたが、巻き毛の黒髪には見覚えがある。アル・ジョルディーノなの？

一縷の願いを胸に、川の下流へ消えていくヘリを目で追おうとした。ナサルがブリッジの反対側からにらみつけてきたとき、願いは消し飛んだ。

特殊部隊の指揮官は怒り心頭に発していた。この任務最大のリスクは市の水路の縦走にあり、彼は検知されることなくそれを成し遂げた。いや、つまりそう思っていた。双眼鏡を手に取ってこの一帯を見渡した。川を追跡してくる船はなく、上空に脅威となる航空機もない。ヘリコプターから薄れていく煙がひと筋見えるだけで、ヘリが墜落したのは間違いない。

ナサルにとっては、予定表以外、何も変わっていなかった。ヒュドロス号を川岸に係留して暗くなるのを待ったあと攻撃を仕掛けるつもりでいたが、もはやその時間はない。即刻、作戦開始だ。船の衛星電話で手短にブリジットに電話をかけ、そのあとサマドにブリッジへ来るよう命じた。

副官が弁解した。「川に墜落させるべきでしたが、いち早く方向転換されまして。携行ロケット弾(RPG)があれば撃ち落とせたのですが」

「今どうこう言っても仕方がない。即刻、計画を進める。おれが爆薬を移すあいだに竜骨(キール)と貨物に爆薬をセットしろ」彼は前方の窓の外を身ぶりで示した。「標的はあの橋のすぐ先だ。十分後に上陸したい」

「起爆装置は二十分後に設定します」とサマドが言い、そのあと二人はウイングのドアから急いで外へ出た。サマーの目がつかのまナサルをとらえた。甲板上でテンダーボートに小さな木箱をいくつか移すよう命じている。

　ナサルはすぐブリッジへ戻ってきて、操舵手に停止を命じた。キャビネットに手を入れ、真鍮のハトメが付いた折りたたまれた状態の旗を抜き出した。

「これは聖戦（ジハード）だ」彼は皮肉たっぷりにサマーにそう言い、ドアからさっと出ていった。扇形船尾に旗を持っていき、トランサムの上の竿に掲げた。そよ風で黒い旗が広がると、信仰告白（シャハーダ）と呼ばれるイスラムの誓いを引用したアラビア語の白い文字があらわになった。ISISやアルカイダのたぐいが聖戦旗として使うものだ。この船はまもなく川底へ沈むが、爆薬が起爆されたあと、通りかかった船の人間がこの旗に気づくだろう。

　ナサルがブリッジへ戻ると、サマドが待ちわびていた。「キールの爆弾六つの準備ができました。貨物倉のひとつも。チームはテンダーをいつでも進水させられます」

　サマーがナサルの視線をたどって横の窓から外を見ると、黄褐色の戦闘服を着てAK47で武装した特殊部隊員五人が手すり前に立っていた。

「ボートを展開しろ」ナサルが言った。「トマスとおれもすぐ合流する」

　サマドが足早に出ていくと、ナサルは操舵手に歩み寄った。そして四〇〇メートルくらい離れたニューバーグ・ビーコン橋を指さした。

「橋の真ん中にある支柱の一本を標的にできるか？　さらにダメージを与えられるかもしれない」

「電子装置が古すぎて精度は期待できませんが、自動運転にして近くを狙うことは可能です」

操舵手はテンダーが投下されるのを待ってヒュドロス号のエンジンをかけた。川の流れに逆らって歩く速度くらいで進むよう、スロットルをもう少し開き、真ん中の橋脚のほうへ舵を定めた。

そのあいだにナサルはグロック19を抜き、船の無線機に歩み寄った。台尻を素早く三度叩きつけて砕き、耳を傾けて背景雑音が消えたことを確かめた。

彼はホルスターに拳銃を収め、体の向きを変えてサマーに言った。「トマスとおれは出ていく。船はおまえにくれてやろう」

ナサルと操舵手が急ぎ足でブリッジを出ていき、サマーは胸の中で悪態をついた。ヒュドロス号のそばでテンダーが回って二人を乗せるところが、横の窓からどうにか見えた。そのあとボートは轟音とともに離れていき、上流へ向かって橋を通過した。

サマーは特殊部隊が出発するのを待たずに、自分を拘束している真鍮の手すりへの攻撃を開始した。ボルトで締められた端を引っぱってねじり、そのあと蹴りつけようとした。それでもゆるまないと見て、太腿(ふともも)と背中を手すりに落としてみた。努力を繰り返しても背中を傷つけるだけだった。手すりはコンクリートに埋めこまれているかのようにびくともしない。

舵とは一メートルも離れていない。長い脚で運転装置を蹴ろうとしたが、わずかに届かない。今度は声に出して悪態をつき、手錠と真鍮の手すりとナサルを罵倒(ばとう)した。

ブリッジに閉じこめられたまま身動きができない……このままでは船といっしょに水中へ沈んでしまう。

68

ナサルはテンダーボートから最後にいちどヒュドロス号を一瞥(いちべつ)し、目を戻して川の上流と向き合った。すぐ前方にニューバーグ・ビーコン橋があり、その少し先、東岸からすぐのところに彼の標的はある。もういちど後ろを見ていたら、川の曲がり目を猛然と回りこんでくるパワーボートが遠くに見えたかもしれない。手すりにつかまっている何人かに気づくには双眼鏡が必要だっただろう。陸軍士官学校の士官候補生たちだ。

ピットが断崖下に係留されているボートを指さしたとき、クルス大尉は息をのんだ。それは、ハドソン川沿いの駐車場に毛が生えたくらいの小さな波止場〈北ドック〉につながれている唯一の船だった。もう少し大きな〈南ドック〉はウェストポイントが日常的に使っていて、軍用ボートも何隻かもやわれている。しかし、そこは一キロ半ほど下流にあった。

　クルスはピットとジョルディーノから切迫した気配を感じ、自分の行動基準にも押されて崖下のボートを考慮した。しかし、二の足を踏んだ。

「あれは学校長の個人的な持ち船だ」と彼は言った。勝手に借用したら自分のキャリアが犠牲になるのではないか？

「責任は私が負う」とピットが言った。

　クルスが答える間もなく、ピットとジョルディーノは波止場へ急行した。クルスは迅速に反応した。八人構成の士官候補生部隊に、近くの屋内射撃練習場へ全力疾走して武器を取ってこいと命じ、みずからはＮＵＭＡの二人に続いた。

　係留されていたのは一九六二年に建造された全長九・七五メートルのクリスクラフト製ローマーだった。ルーフラインが低いキャビンクルーザーで、船殻は鋼鉄製。ピットはこの船に乗りこみ、修繕済みのクラシックボートをつかのま惚れ惚れとながめた。マホガニー製のピカピカの甲板、適切な姿勢、船尾の竿から垂れ下がっている陸軍のパリッとした三角旗。一段低くなった船室があり、調理室とテーブルとＶ字形の寝台が備わっていたが、舵は船尾のオープンデッキにあった。

　ボートの年代が頭にあったせいか、ピットは点火装置をショートさせてエンジンをかける昔ながらの裏技を使うことになるのではないかと考えていた。その必要はなかった。船室のドアを入ってすぐ、船の持ち主のCCというイニシャルが記されたコーヒーマグのそばにフックがあり、そこにキーが二組ぶら下がっていた。

そのキーをつかもうと身を乗り出したとき、ピットは壁に貼られた一枚の写真に気がついた。陸軍士官学校長の写真だ。ハワイアンシャツを着てあご髭をたくわえた長身の男がボートの操縦桿前に立ち、足もとにはダックスフント犬がいた。どこかで見たような気がするとピットは思いつつ、二本のキーをつかんで、対応するイグニションスイッチにそれぞれを差しこんだ。クライスラーのV型8気筒エンジンはキーの最初のひとひねりで点火し、ゆっくりガラガラと音をたててアイドリング状態になった。

「今世紀のものはどこにもなかったか?」ジョルディーノはほどけた係留索を握ってボートを波止場にとどめていた。

「ここまで立派な船じゃなくてよかったんだが、上流へ急ぐことはできる」

ピットがクルスのほうへ顔を向けると、大尉は波止場の端に立って士官候補生たちに急げと怒鳴っていた。若い男性五人と女性三人が波止場へなだれこんできて、それぞれがシグ・ザウエルの拳銃と弾薬の箱を手にしていた。

クルスは士官候補生たちを集めてボートに乗せ、彼らは船尾に押しこまれた。ジョルディーノが外した係留索を手に飛び乗ったとき、戦闘服姿の軍曹が一人駆けこんできた。

「こら! 勝手に乗ってはいかん! それは校長のボートだぞ!」

「ああ、素敵だろ?」ジョルディーノがそう言って軍曹に手を振り、ピットがツイン・スロットルを勢いよく押すと、クラシックボートは轟音を上げて波止場から発進した。

クルスが隣にいた女性候補生の一人に顔を向けた。「マーフィー、拳銃を持ってきたのはなぜだ?」

「ライフルは武器庫にあって錠がかけられていましたが、拳銃は授業のために持ち出されていました。これが最も適切な行動でした。何より、射撃場将校が止まれと怒鳴っていましたから」

「どうやってそれを逃れた?」

「将校は射撃場の反対端にいたので」彼女は片目をつぶった。「何を言っているか聞こえませんでした」

この代償に地獄が待っていることもクルスはわかっていた。乗りかかった船だ、と彼は心の中でつぶやいた。「よろしい」彼は言った。「武器に弾を装塡して、待機」

彼が舵へ向かうと、ピットとジョルディーノが立って前方を見つめていた。ピットは優雅な弧を描いて川の中央へ移動し、ゆるやかなカーブを切って北東へ針路を取った。

「われわれに立ちはだかるのは?」クルスがエンジンの轟音に負けじと声を張り上げた。

「おそらく、AK47を携行した特殊部隊員が十数人」とピットが言った。「鍛え抜かれた精鋭と想定してくれ」

クルスは顔をしかめた。士官学校に入って二、三カ月の未熟な候補生たちにとっては大きな試練だ。「川で乗船を試みるのか?」

「いや」ジョルディーノが風防を軽く叩いて前方を指さした。「おれたちが足を濡らす必要はなさそうだ」

クリスクラフトが川の曲がり目を抜けたとき、クルーズ船がゆっくり橋のほうへ向かうところが見えた。さらに、ジョルディーノが身ぶりで示した橋の右でテンダーボートが岸に乗り上げていた。

69

スティーヴン・シャウアーは川の近くに立つ小さなオフィスビルの中で、コピー機が土木計画書の印刷を終えるのを待っていた。そこへ外からパン・パンと立て続けに大きな音がした。銃声に似ていたが、その考えを否定してコピーを集めていった。オフィスのドアがとつぜん大きな音をたてて開き、自動小銃の銃声が室内に充満して悲鳴が続いた。

シャウアーの秘書を務めるマーサという恰幅(かっぷく)のいい中年女性が口をあんぐり開けてコピー室のドア口に現れた。彼女が一歩前へ進んだとき、ブラウスに赤い染みが二つ現れ、シャウアーのほうへ体をぐらつかせた。民間のエンジニアは書類を落とし、倒れこんでくる彼女をつかんだ。そのままバランスを崩し、彼女にのしかかられる形で床に倒れた。

近くでまた銃声がし、そのあと重いブーツの足音がコピー室へ向かってきた。女性ともつれるように倒れたシャウアーに逃げ出すチャンスはなかった。そのまま息を止めているうち、足音が近づいてきた。

目をぎゅっとつぶり、心臓がバクバクし、銃を持った男が部屋に入ってきたときは床板の圧力を感じた。シャウアーにとって人生でいちばん長い静寂が下りたあと、男は離れて部屋を出ていった。

もう一分待って震える脚で立ち上がったとき、近くでまた銃声が炸裂した。コピー室の横のドアは大きな倉庫につながっている。シャウアーは忍び足でそのドア口へ向かった。ドアを二センチくらいそろりと開けて、中をのぞいた。

一メートルと離れていない先に、蜂の巣状態の倉庫主任が倒れていた。シャウアーのゴルフ仲間だ。倉庫の真ん中あたりに砂漠用戦闘服を着た男が二人、武器を抜いて見張りに就いていた。別の一人が開いた搬入口から木箱をひとつ運び入れた。倉庫の中央に位置するかご形エレベーターの中に積まれている何個かの木箱に、それを積み重ねる。

エンジニアはドアをそっと閉めてコピー室を後退していき、秘書の死体を注意深くまたぎ越した。メインオフィスには息絶えた同僚が二人いた。一人は机に前のめりになり、もう一人は床の血だまりに倒れていた。シャウアーはひとつ深呼吸し、入口の開いたドアへ足を踏み出した。

東の駐車場を見張っている武装員がいるのを見て、彼はドア口で凍りついた。ほんの一五メートルほど先だ。男からはオフィスの入口がはっきり見える。

シャウアーは身をかがめて中へ引き返し、自分にどんな選択肢があるか考えた。警察に電話して注意を引くのは怖い。もっと安全な場所へ行き着くまでは。このオフィスと倉庫がある敷地の周囲には防犯用のフェンスが張り巡らされている。銃を持った男は敷地に入る唯一の道路を射程に入れていた。だが、フェンスは川の流れている側まで囲んではいない。川に沿ってこの施設を脱け出し、そのあと助けを呼ぶことは可能だ。

シャウアーはオフィスの後ろ壁へ移動して、そっと窓を開けた。ひっくり返ったごみ箱の上に乗り、体をすべらすように開いた窓を通り抜けて、頭から地面に落下した。地面を這って藪をいくつか通り抜けたあと、立ち上がった。建物が駐車場にいる武装員の視界を遮る盾になってくれている。彼は川へ向かって駆け出したが、少し走っただけで人の声が近づいてきた。深い草むらに飛びこんだところへ、木の後ろから人影が二つ現れた。

シャウアーが顔を上げると、さらに男が二人見えた。それぞれ木箱をひとつ運んでいる。彼らが近づいてくるあいだに、話されているのはフランス語とわかった。彼らはシャウアーの近くへ進んできたが、木箱と建物に気を取られて、どちらも彼に気づかなかった。

銃を持った男たちが建物の角を回りこむまで、シャウアーは草むらに伏せてじっとしていた。そのあと立ち上がりかけたが、また近くから銃声が聞こえた。それが静まるのを待って、川のほうへ動きはじめた。武装した男たちが使った経路を避け、背の高い藪を押し分けていった。

勢いよく流れるハドソン川の音を耳にしつつ木立を押しのけたところで、シャウアーはぴたりと足を止めた。彼を立ち止まらせたのは川ではなく、彼の胸に狙いをつけた拳銃の銃口だった。

70

「動くな」と、銃を持った男が命じた。

シャウアーは凍りつき、そこで拳銃の狙いをつけているのは男ではないことに気がついた。運動用の短パンに黒いＴシャツという服装の小柄な女性で、Ｔシャツに黄色い文字で〝陸軍(アーミー)〟とプリントされていた。

彼は両手を上げ、川のそばの小さな空き地へ足を横に踏み出した。武装した若い士官候補生があと何人か川辺に沿って広がっていて、その後ろに年かさの男性が三人いた。小さなボートの横に息絶えたテロリストが一人、大の字に倒れていて、その胸には銃弾が開けた穴がきれいに三つ並んでいた。

岸への接近中、ピットは古びたクルーズ船にかまわず、クリスクラフトの針路を岸に乗り上げたヒュドロス号のテンダーボートに定めた。そのボートから特殊部隊の何人かが行き来しているところが遠くから見えていたが、近づいたとき、彼らの上陸地点には誰もいないように見えた。

テンダーの陰からAK47を持った男が一人、飛び出してきて発砲したとき、その判断は消し飛んだ。

「みんな伏せろ！」クリスクラフトに銃弾が浴びせられたのを受けてピットが叫んだ。

士官候補生たちが盾にできる物陰へ飛びこんだところで、クルスが声を張り上げた。

「左へ！」

次の集中射撃が鋼鉄の船殻を襲う中、ピットは速度を維持したまま舵輪を大きく回した。陸軍大尉が生徒の一人から拳銃をつかみ取って船縁へ体を転がした。ボートが左に振れて右舷手すりがあらわになったところで、クルスは立ち上がって特殊部隊の男に素早く三度発砲し、次の瞬間またさっと体を低くした。

三撃すべてが武装員の上体をとらえて昏倒（こんとう）させていたため、体をかがめる必要はなかったのだが。

「いい射撃だ、教官」とジョルディーノが言った。

「大隊の小火器（スモールアームズ）王者に輝いているよ、三年連続で」とクルスは言い、体の向きを変えて生徒たちに防御射撃の姿勢を命じた。

ピットはクリスクラフトの船首を岸のほうへ戻してスロットルを大きく開け、岸に乗り上げているヒュドロス号のテンダーに横付けした。クルスがまずジャンプし、生徒たちをその左右に扇形で展開させた。

ピットとジョルディーノはボートを岸にロープで固定し、彼らに発砲してきたあと息絶えた操舵手のトマスに歩み寄った。「ルアーヴルで面会済みか?」とジョルディーノが確認の質問をした。

「そのようだ」ピットは特殊部隊員のAK47を回収してジョルディーノに渡した。二人がほかの人々に合流しようと体の向きを変えたとき、女性の士官候補生マーフィーが近づいてきた人物を大声で立ち止まらせた。

長身でたくましい体つきをした男が藪の中から出てきた。両手を上げて、目を大きく見開いている。

「何者だ?」クルスが武器を構えて男に近づいた。

「名前はスティーヴン・シャウアー。〈シャフト6Bステーション〉の河川工学専門家だ」彼は陸軍の黒いTシャツを着た士官候補生たちを見つめた。「やつらの仲間か?」彼は施設のほうへ頭を傾けた。

「ちがう」ピットが言った。「ここへ来たのはやつらを阻止するためだ」

シャウアーは両腕を下ろして吐息をついた。「みんな、やつらに殺された。とつぜん飛びこんできて、みんなを犬みたいに撃ち殺した。自分は運よく逃げ出すことができたが」

「やつらといっしょに長身の女性がいなかったか？」とピットが尋ねた。

「いや。全員が男で、戦闘服を着て、ライフルを携行していた。あの男みたいに」彼はトマスのほうを指さした。

「ここはどういう施設なのか教えてくれ」

「〈シャフト6Bステーション〉」と答えたところで、彼は全員がぽかんとしていることに気がついた。「〈ロンダウト・バイパス〉の一部だ。キャッツキルからニューヨーク市まで真水を運ぶ〈デラウェア導水路〉の一区域に当たる。水はすべてハドソン川の下に敷設された一〇億ドル規模の新しいトンネルを通ってくる。まさしくここ、われわれの足もとを」

「〈シャフト6B〉とは？」とジョルディーノが訊いた。

「ほかでもない、垂直の立坑（シャフト）のことだ。ここにひとつと川の対岸にもうひとつある。両岸を結ぶトンネルを建設するための終点として掘られた。ニューバーグ側の深さは二七〇メートルで、こっちのシャフトの底は地下二一〇メートル」

「テロリストがそのシャフトに関心を向けるとしたら、その理由は？」とクルスが問いかけた。

「給水設備を汚染するためだ」とジョルディーノが答えた。「やつらは手に入れた放射性廃棄物をここへ投げこむ気でいる」

「ちがうと思うな」シャウアーが首を横に振った。「やつらが小さな木箱をエレベーターに積みこむところが見えた。数多くの木箱を。あれはうちの掘削技師が掘削作業中に使うのと同じ、CL20のようだった」

「CL20?」クルスが疑問を口にした。

「TNTより一・二五倍強力な高性能爆薬だ」

「それをシャフトで爆発させた場合」ピットが尋ねた。「どんな事態が考えられる?」

シャウアーの顔が青ざめた。「底で爆発させたら、シャフトを粉砕して陥没させるに充分な衝撃波が発生する。その場合、導水路は大きな崩壊に見舞われ、真水の流れが完全にせき止められてしまう……ニューヨーク市の給水設備は灰燼(かいじん)に帰す」

71

一八四二年、マンハッタンの北にある貯水池から煉瓦造りの導水路を伝ってニューヨーク市へ新鮮な水が流れこみはじめた。安全な清浄水の到着により、何十年にもわたって人々を苦しめてきたコレラや黄熱病や容赦ない悪臭が洗い流された。百八十年以上を経て、ニューヨーク市の給水設備はパナマ運河の建設に匹敵する土木工学の偉業へと成長した。十九の貯水池と数百キロに及ぶトンネルと導水路が二〇〇キロ離れた市内へ重力送り式の水を提供している。州北部地域の汚れを知らない湖から運ばれる日量四〇億リットルに近い水が、九百万もの市内居住者の元へ流れこんでいる。〈シャフト6B〉に立ったナサルにとっては、この設備の歴史などどうでもいいことだった。彼が知っているのは、自分の二一〇メートル下に大量の真水が勢いよく流れていることだけだ。彼は部隊を急がせながら、シャフトの深みから勢いよく冷気が押し寄せてくるのを感じていた。部下の二人がそれぞれ爆薬の入った木箱を運び、シャフトの上のかご形エレベーターに積み上げていた。

ナサルが急いで数えたところ、木箱は十二個あった。それぞれにCL20の一キログラム塊が十個入っている。二〇〇〇トンの硬い岩を粉々にするに充分な量だ。深い垂直シャフトの閉鎖空間内で爆発すれば、そのダメージは飛躍的に大きくなり、何十メートルもの深さまで落石を生じさせるだろう。

「あれが最後のひとつです」男たちの一人が言った。

「トマスはどこだ?」とナサルが訊いた。

「まだ上陸地点にいます。テンダーを隠してくると言っていました」

男が話しているあいだに川から銃声がとどろいた。ナサルが耳をそばだて、そのあとサマドに顔を向けた。副官は作業台の前で小さな革のケースから包装された塊を取り出していた。

「サマド」ナサルが怒鳴った。「そっちの状況は?」

「起爆装置をセット中です」

「急げ」ナサルは言った。「仕事を終わらせるときが来た」

72

士官候補生たちは〈シャフト6B〉に続く上り坂を急いで移動していった。クルス大尉は挟み撃ちを狙って部隊を二手に分けた。武器の数に劣り、盾にできるものがほとんどない状況からみて、最良の戦術はスピードと奇襲だろう。ピット、ジョルディーノ、シャウアーはこの現場を知り尽くしている河川工学専門家の知識を活用して、北の側面をばらばらに移動していった。

シャウアーが垂直シャフトの入口がある倉庫の図面を地面に棒で描いてくれた。三人で倉庫の北入口へ近づいていったとき、反対側から銃声がとどろいた。

クルスは生徒四人をオフィスに送りこみ、残る四人を率いて倉庫の東向きの搬入口へ向かった。オフィスがある建物の角を勢いよく回りこんだとき、陸軍大尉の目が駐車場の見張りをとらえた。

特殊部隊員のほうが先に動き、腰に構えたライフルから集中射撃をかけた。クルスはこれを意に介さず、銃を持った男にシグ・ザウエルの狙いを定めて胸への二発で撃ち倒した。引き金を絞って三発目を放ったとき、脚に刺すような痛みが走り、太腿に黒い染みが浮かんできた。脚ががくんと崩れ、もう片方の膝をついた。

「教官！」ブレイクという士官候補生が目を大きく見開いて叫んだ。「撃たれています」

「動きを止めるな」クルスは食いしばった歯の間から命じた。「ブレイク、ほかのみんなを率いて倉庫に突入しろ。動くものはすべて撃て」

「イエス・サー」ブレイクは唇を嚙んでクルスのそばを通り過ぎた。ほかの生徒三人を後ろに従え、駐車場を急いで通り抜けて搬入口を目指した。暗い倉庫内から一対の銃火がひらめき、ブレイクは地面に飛びこんで駐車中のミニバンの陰へ体を転がしたところへ、そばの舗装を銃撃が縫った。

ブレイクは倉庫に二発放ち、後ろの候補生たちに顔を向けた。一人が仰向けに倒れ、血の染みがついた肩を手で押さえていた。残りの二人はどちらも女性で、黒いＳＵＶを盾にしていた。

「大丈夫か？」ブレイクは負傷した生徒に尋ねた。

金髪の男はうめきながらも大丈夫と答えた。

ブレイクが女性二人に顔を向けた。「あの赤いトラックまで行けるか?」彼は駐車場の反対側を指さした。「挟み撃ちにしたい」

「やってみる」女生徒二人は飛び出して、駐車場を横切るように後退し、トラックのほうへ回りこんだ。

ブレイクはミニバンの前輪そばでうつぶせの姿勢から、開いた搬入口に拳銃の狙いをつけて標的を待った。

倉庫内ではナサルが隊員たちに入口を受け持つよう命じた。

「撃ってきているのは何者ですか?」サマドが起爆装置を手に、作業台の陰にしゃがんだまま尋ねた。

「わからん」ナサルが言った。「しかし、見たところ若造たちのようだ。爆薬をセットする準備はできたか?」

「あと一分」

ナサルはかご形エレベーターのそばで、もどかしげに待った。かごは一段高くなった台の上にあり、頭上の梁とケーブルで丸いシャフトの上に吊り下げられていた。CL20の爆薬を詰めこまれた木箱が台の真ん中に積み上げられている。

倉庫の後ろ端で横扉がそっと開き、ピットとジョルディーノとシャウアーが中へ忍びこんだ。保管されている何十もの木箱が行く手を遮っていた。彼らは低いパレットの前で足を止め、現場を見渡した。

「あれは爆薬だ」シャウアーが小さな箱が積み重なっている遠くのエレベーターのかごを指さした。「シャフトを破壊する準備をしているんだ」

ピットは倉庫を観察したが、計画を立てる間もなく、反対側で扉のひとつが大きな音をたてて開いた。クルスの生徒たちのうち、士官学校フットボール・チームに所属する筋骨たくましい男が二人、拳銃を撃ちながら扉を突き破ってきた。

彼らは搬入口のそばにいた特殊部隊員一人を撃ち倒すことに成功したが、怒りの反撃に切り裂かれた。彼らのあとに士官候補生二人が続いて援護射撃をしていたが、この二人はやむなく大きな道具箱の陰へ退却した。外で残りの候補生が射撃を開始して混沌に輪をかけた。

ナサルにはサマド以外に隊員が三人残っていて、彼らは素早い反撃を見せた。一人が建物の外にいる士官候補生たちにスタン手榴弾を投げつけ、残る二人が道具箱のそばの候補生たちに集中射撃を見舞った。

「起爆装置は？」とナサルが叫んだ。

サマドが肩かけバッグを肩にかけ、しかるべき位置へ駆けこんだ。「準備完了」

「底へ運んでセットしてこい！」ナサルが心配していたのは、その前に流れ弾が爆薬に命中することだった。

サマドがエレベーターのかごへ駆けこむと、ナサルが制御パネルに歩み寄って降下ボタンを押した。かごががくんと傾き、ケーブルの巻き上げ機が回って、エレベーターがシャフトを下りはじめた。ナサルは低い姿勢を取り、樽形容器の陰にしゃがんでいる隊員のほうへ全力疾走した。

ピットとジョルディーノとシャウアーが木箱の織りなす迷路を縫うように進み、倉庫の視界が開けたところでエレベーターが下りはじめた。道具箱の陰にいた士官候補生二人の弾薬が尽き、床の反対側で銃撃がやんだ。

特殊部隊の二人が士官候補生たちのところへ動きだした。一人が援護射撃のためにライフルを構え、もう一人が手榴弾を投げる準備をした。

苦境に陥った候補生たちをジョルディーノの目がとらえたとき、ピットが彼の後ろから立ち上がった。

「できたら援護してくれ」ピットはそう言ってコンクリートの床を全力疾走した。

ジョルディーノは急いでピットのあとを追い、明確な射線を得られるよう横へ方向を変えた。特殊部隊の二人は反対方向を向いていて、ピットたちがシャフトの近くへ来るまで彼らの接近に気づいていなかった。ライフルを構えた隊員が先に振り向いて短い一連射を放ったが、わずかに狙いを外した。

ジョルディーノが横へ向きを変えて駆けながら撃ち返し、車輪付き台車の陰へ飛びこんだ。ピットにはそういう盾になるものがなかったが、盾を探していたわけでもない。彼はエレベーターに乗りこむのに使う台の前でジャンプ一閃、そこを飛び越えた。スピードに乗って、目指すところへ飛びこんだ。

シャフトの縁を越え、下の真っ暗闇へ。

73

ピットがシャフトの中へ消えたとき、ジョルディーノは士官候補生たちを狙っている特殊部隊員二人に発砲した。セレクターをフルオートにして引き金を絞り、二度集中射撃を行った。最初の集中射撃で自分を撃ってきた敵を倒し、二度目で手榴弾を投げようとしていた男を仕留めた。二人目は投げおわる前に地面にくずおれ、安全ピンを抜いた状態の手榴弾が手から転げ落ちた。

搬入口の近くにしゃがんでいたナサルが銃を持ち上げてジョルディーノを撃とうとしたとき、この手榴弾が爆発した。倉庫内の隅々に轟音が反響し、それに付随してもうもうと煙が立ちこめた。ジョルディーノはこの混乱を利用して、より良い盾になる重い作業台の陰へ移動した。ジョルディーノより爆発地点に近かったナサルは咳きこんで口の土埃を吐き出し、褐色の薄闇の中で立ち上がった。

「脱出！」と、ナサルはそばにいた撃ち手に叫んで、搬入口へ移動を開始した。もやの向こうから日光が手招きしていて、体の前で銃を構えながら建物から外へ全力疾走した。出口の二メートルくらい外で土煙を突き破った。まっすぐ前方で、ミニバンのそばの士官候補生が煙にやられた目をこすっていて、その後ろに座ったもう一人が血に濡れた肩を押さえていた。

ナサルは施設の入口に向かって斜めに駆けながら、この二人に銃を乱射した。ゲートにたどり着いたところで一瞬ためらい、倉庫を振り返った。

残る隊員一人は目撃者を残さないよう、倉庫内にとどまっていた。道具箱のそばにいた士官候補生二人がコピー室へ逃げこもうと、身をよじりながら床を進みはじめた。こいつらにはすぐ対処できる、と隊員は考えた。彼の最優先事項は同僚二人を殺したジョルディーノに復讐（ふくしゅう）を果たすことだった。

ほんの二、三メートル先でジョルディーノは肩にＡＫ47を押し当て、作業台の陰にしゃがんでいた。彼は埃が収まりきらないうちに半円形の照準に敵をとらえて、引き金を絞った。

聞こえたのはカチッという乾いた音だけだった。薬室が空になった音を聞きつけた隊員はジョルディーノの居場所を知り、にやりとした。武器を構え、殺す前に顔を見ようとジョルディーノに一歩近づいた。引き金の指に力を込めたとき、倉庫にひとつ銃声がとどろいた。

ジョルディーノが目を上げて隊員を見た。男の左目が血まみれの空洞と化し、その直後、体がばったりと床に倒れた。

コピー室のドアのそばでクルス大尉がシグ・ザウエルを握った手を伸ばし、立ったまま壁にもたれていた。ズボンの左脚が血でずぶ濡れになっている。青ざめた顔から失血は明らかだ。

「恩に着るよ、神父（パードレ）」とジョルディーノが呼びかけた。「陸軍が今の一撃に勲章を与えなかったら、おれが進呈する」

クルスはうなずいた。「全員倒したか？」

「ほとんどは」とジョルディーノは言い、シャフトの入口に顔を向けた。「生徒たちを避難させたほうがいい。ここはまだ吹き飛ぶ可能性がある」

彼がエレベーターを支える構造にちらっと目をやると、リフトケーブルは今も繰り出されていた。真っ暗な縦穴のどこかでピットがまだ生きていますように、と彼は心の中で祈った。

74

ピットはブラックホールへ飛びこんでいくような心地だった。光は消え、翼を広げた鷲(わし)のような姿勢でシャフトを落下していく。そのあいだずっと、下から体に冷気が押し寄せてきた。

シャフトの縁(ふち)を飛び越えたあとエレベーターのケーブルへ手を伸ばしたが、ケーブルは思ったより先にあった。どうにか右手の指をケーブルにかけたが、重力に負けてまわりをただすべっていく。指に力を込めて体を前へ引き寄せ、ケーブルを両手で包みこんだ。

油のついたケーブルが手の中をすべっていくあいだ、手のひらが焼けつくように熱かったが、落下速度をゆるめることには成功した。下へ持ってきた脚をケーブルに巻きつけ、落ちる速さを足でゆるめていく。

数秒後、エレベーターの上部フレームにケーブルを固定しているブロック機構に足が当たった。エレベーターがシャフトの薄暗い照明を通過したところで、ピットはちらりと下を見た。エレベーターのかごの屋根が開いていて、これなら障害なくかごの中へ落下できる。かごの片側に立っていたサマドが顔を上げ、とつぜん現れたピットを見て、ホルスターの拳銃に手を伸ばした。

ピットがケーブルを手放してサマドのほうへ体を振ると同時に、ふたたびエレベーターが暗闇に包まれた。

ピットの落下地点は目標に届かなかった。サマドをとらえられず、かごの真ん中に一メートルほど積み上がった爆薬の箱の上に着地した。彼は箱の山を踏み切り板代わりにして、拳銃を持ち上げたサマドに飛びかかった。

肘を広げて飛びこむ。サマドの前腕にぶつかった勢いで銃口が横を向くのとサマドが引き金を引くのが同時だった。何度か銃声がとどろき、弾はシャフトのなめらかな石壁に当たって跳ね返った。

サマドと密着したピットは斧(おの)を叩きつける要領で左腕を振って、相手の手首を強打した。手から拳銃がこぼれ落ち、床にガチャンと音をたてた。取っ組み合ううち、たまたまどちらかの足が落ちた武器を蹴飛ばし、銃は下の隙間からシャフトへ落ちていった。

武器を失ったサマドは左の拳でピットの側頭部に強烈なパンチを見舞った。二人の体が離れ、そこからパンチの応酬が始まった。断続的に暗闇が発生する中、たがいにパンチを打っては防いでいくが、その効果はまちまちだ。

蹴り技系格闘技の訓練を受けてきたサマドは空間の狭さによって優位の多くを失った。それでも反射神経に勝り、ピットより正確な打撃を放つ。体重もピットより一〇キロ以上重く、年もずっと若い。ピットはサマドの打撃にのみこまれそうになった。

ピットは断続的に訪れる暗闇を利用してそれに対応した。フェイントをかけ、スルスルとかごを回りこみ、フットワークで素早く位置を変える。

ピットはサマドの頬(ほほ)へ強烈なパンチを放ったが、肩にカウンターを食らって後ろへ吹き飛んだ。かごの囲いに激突し、出入口の扉の取っ手が背中にめりこむ。彼は手探りでそのレバーを回し、扉を開くと同時に右へ足を踏み出した。

エレベーターは降下を続け、一二〇メートル標識を通過したところだった。下からごうごうと、水が導水路を通り抜ける太い音がとどろいている。次の照明が近づいてきたとき、ピットは体をかがめて、前に積み上がっている木箱の山から爆薬の箱をつかんだ。サマドの輪郭が見えたところで、その箱を投げつけて相手を左へ動かした。

サマドが箱を払いのけたところでシャフトがまた真っ暗になり、サマドにはピットがすでに動きだしていることがわからなかった。ピットはかごの囲いを右へ回り、体を前傾させてサマドへ突進した。

サマドはピットの動きを耳でとらえて体を横へ向けたが、一瞬、反応が遅れた。ピットは雄牛のようにサマドのわき腹へ突進した。相手のバランスをわずかに崩し、開いた扉口へ向かって重なるようになだれこんでいく。

ピットは足を止めず、サマドの足を浮かせて、扉の枠に背中からぶつけた。サマドが一歩後ろに下がったとき、そこには空気しかなかった。

ピットはそのまま相手を扉の外へ押し出した。サマドは片手で扉の枠をつかみ、もう片方でピットのシャツをつかんだ。しかし、二人の体重を合わせた勢いは大きすぎた。

サマドの手が扉の枠を離れ、つかんでいるのはピットのシャツだけになった。ふっと体重がなくなった感覚を覚えた次の瞬間、サマドは冷たい恐怖に包まれながら漆黒の虚空（こくう）へ墜落していった。

75

垂直シャフトの入口のてっぺんにいたジョルディーノには、エレベーターのケーブルがなおも繰り出されていくところが見えていた。落ち着かない気分で、そろそろかごは底に近づいているはずだと思った。ジョルディーノがエレベーターに乗りこむのに使う台のほうへ足を一歩踏み出したとき、シャフトのはるか下からドカンと音が炸裂した。その音で倉庫の壁がガタガタ揺れ、ジョルディーノはぎょっとした。

「ここから出よう！」とシャウアーが叫んだ。「建物が倒壊する可能性がある」

ジョルディーノが待つうち、白い煙がもうもうと渦を巻いて穴から立ち上ってきた。耳をつんざくすさまじい爆発音だったが、そのあとにシャフトの崩壊は続かなかった。少なくとも、まだ今は。

ここでジョルディーノは奇妙なことに気がついた。ケーブルはまだ繰り出されていて、その張り具合からみて、まだかごの重みがかかっているようだ。急いで制御パネルに駆け寄り、赤い停止ボタンを押して、その上の〝上昇〟と記された緑色のボタンを押した。

ケーブルの向きが変わり、煙と暗闇の向こうからエレベーターが見えてこないか、ジョルディーノは横から必死に目を凝らした。しかし見えるのは、スチールケーブルの下にある漆黒の闇だけだ。

シャウアーが再度退出するよう急かしたが、ジョルディーノは足に根が張ったように動かず、ゆっくりと上がってくるケーブルを見つめていた。苦痛の何分かが過ぎたところで、かごがガタガタ揺れる音がして、ついにエレベーターのてっぺんが見えてきた。ジョルディーノは中を見て信じられないとばかりに頭を振った。

爆薬の木箱の上に退屈そうな顔をしたピットが座っていた。まるでバスが来るのを待っているかのように。シャツの胸元が破れ、白い粉塵にまみれていたが、ピットはジョルディーノを見て、にやりと口元にかすかな笑みを浮かべた。

「すまんな、持ち上げてくれて」ピットは木箱から立ち上がって、かごから出てきた。「よじ登ったほうが早いだろうかと考えはじめていたよ」

「大きな爆発音が聞こえたぞ」とシャウアーが言った。「あれはCL20じゃなかったのか?」

「ちがう」ピットは苦笑いを浮かべた。「エレベーター仲間だ。あいつは首に小さなバッグをかけていて、あれに起爆装置が入っていたにちがいない。どうして作動したのかわからないが、私がかごに飛びこんだときか、あいつが底に落ちたときに、タイマーが始動したのかもしれない」

「ここから聞くかぎり、大きな爆発に思われた」シャウアーが言った。「てっきりCL20の木箱が爆発したものだと」

「シャフトの反響が大きかっただけだ」

「エレベーター仲間はどうなったんだ？」とジョルディーノが訊いた。

「注意が足りなくて、開いた扉から外へ落ちていった。私を道連れにしようとしたが、扉につかまって難を逃れたよ」ピットは破れて垂れ下がっているシャツの胸のところの生地をちらっと見た。「シャツの貸しは返してもらえそうにない」

足を引きずりながら二人に合流したクルスに、ピットがうなずきを送った。

「士官候補生たちは立派な働きだったかい？」とピットは尋ねた。

「残念だが、二名を失った」

ピットはうつむいて顔をしかめた。「助けを求めるべきではなかった」

「きみたちは大惨事を食い止めてくれたんだ。われわれがいなかったら苦労したと思うそ」クルスはジョルディーノに顔を向けた。「テロリストは全員仕留めたか？」

「ボスの男を除いては」とジョルディーノが言った。「二個目の手榴弾が爆発したあと、あいつは外へ逃れた」

　複数のサイレンの音がして、どんどん近づいてきた。

「私が警察に通報したんだ」とシャウアーが言った。「ＳＷＡＴチームと救急車と救急ヘリを送り出すよう要請した」

「それが必要だ」とクルスが言った。「ほかにも二名、ひどい裂傷を負っているのがいる」

「あんたがいちばん先に乗るべきかもしれない」クルスの脚を見てジョルディーノが言った。

　陸軍の大尉は首を横に振った。「今日はいい」

　ピットは開いた扉のほうへ向かい、そのあと向き直ってシャウアーに呼びかけた。

「二人で負傷者の面倒を見られるか？」

「もちろんだ。逃げ出したやつはどうする？」

「そんなに遠くまで行けるわけはない。しかし、それは警察の仕事だ。私は川へ戻らなくては」

「サマーか」とジョルディーノが言った。
ピットがうなずき、二人は急いで建物を飛び出した。

76

　ナサルが道路を一〇〇メートルくらい疾走したとき、一台目のパトカーがサイレンを鳴らして近づいてきた。それが通り過ぎるまで彼は低木の茂みの陰に身をかがめていて、茂みを出たあと足を速めた。住宅街の交差路の縁石前に白いＳＵＶが駐まっていた。助手席側のドアに近づいて、中へ乗りこむ。

　運転席にいたのはクロード・ブシェだった。産業スパイの髪には白髪がまじり、太いフレームの眼鏡をかけていて、年かさの印象を与えた。彼は顔を向けて、軽い好奇の面持ちでナサルを見た。「注目を集めてきたようだな」と、彼はフランス語で言った。

「国境へ向かってくれ」ナサルは言った。「そのための支払いはした」

「ほかの人間は？」

　ナサルは大きな窓の外をちらりと見て、首を横に振った。「おれだけだ。さあ、行け」

ピットとジョルディーノは全速力で水辺へ駆け、クリスクラフトに乗りこんで出発した。ピットが舵を握り、エンジンがかかると同時にスロットルを全開にした。甲板の下で年代物のV型8気筒エンジンが轟音を上げ、優雅なクルーザーは猛然と川を横切っていった。

ピットは上流を見たが、水面には何もいない。下流を一瞥すると、ギリシャのクルーズ船がニューバーグ・ビーコン橋にゆっくり接近していた。

ピットは舵を大きく回した。川の流れのアシストも受け、クリスクラフトは三〇ノット（時速約五六キロ）を超える速力で加速した。

ジョルディーノはAK47を持ってピットのそばに立ち、死んだ特殊部隊員の一人から分捕ってきたまっさらの弾倉（マガジン）を装塡し直した。「どうしてあそこで待っているんだ?」彼はライフルを肩にかけて疑問を口にした。

「わからないが」ピットが言った。「キスしそうなくらい橋に近づいている」

ジョルディーノがフックから双眼鏡をつかんでクルーズ船を観察した。「甲板には誰も見えない。真ん中の橋脚に近づいていくようだ」彼は双眼鏡をクルーズ船のブリッジへ向けた。「視野が限られているが、舵の前には誰も見えない」

ピットはすぐに自分の目でも見た。クリスクラフトがヒュドロス号の近くへ突進していくあいだに、一瞬ながら、誰もいない操舵席がはっきり見えた。しかし、ブリッジの後方に誰かいた。背の高いおなじみの姿が後部隔壁から手を振っていた。

ピットはスロットルを切り、右舷側面に沿ってクリスクラフトを進ませ、ジョルディーノが甲板を武器の射程に入れた。誰も現れないのがわかったところで、彼はピットに銃を渡した。

「さあ取り返してこい、気をつけてな」ジョルディーノはそう言って舵を引き受けた。

ジョルディーノがクルーザーをクルーズ船に横付けして船殻に軽く触れたところで、ピットは手すりに歩み寄った。手を伸ばして船上に体を引き上げ、少し時間をかけて船首から一〇メートル足らずのところにある高速道路の橋の支柱をつぶさに見た。ジョルディーノが離れていき、高速道路を猛スピードで飛ばしていく乗用車の騒音がクリスクラフトのたてるゴボゴボという音をかき消した。

ピットは全速力で前方の昇降口階段へ駆けこんだ。一度に二段駆け上がって上の床面へたどり着き、操舵室へ突入した。サマーの姿を確かめて笑みを浮かべたが、安堵と不安の入り混じった目がさっと彼を見返してきた。

「この船には爆薬が仕掛けられている」娘のそばを急いで舵へ向かうピットにサマーが言った。

船の鼻面が橋脚に当たって甲板全体が揺れた。ピットは自動運転を解除して操舵輪を大きく回し、パワーを強めた。船の側面が石の橋脚の側面をこすって悲鳴に似たかん高い音を発生させたが、これは表面的な傷に過ぎない。

ピットは橋脚からクルーズ船を離れさせ、船首を下流へ向けた。ブリッジの後方へ歩み寄り、娘を軽く抱きしめた。「サウサンプトンから長い道のりだったな」

「ワイト島を見たかっただけなのに」

娘の笑顔を見て、試練を無事乗り切ってきたことがわかった。「すぐ離脱しないと」と彼女は言った。

ピットは娘を真鍮製の手すりの中央へ移動させた。片方の端へ歩み寄って、ブラケットの取り付け金具にライフルの狙いをつける。耳をつんざく集中射撃で隔壁にズタズタの穴が開いた。ピットがブラケットを強く蹴ると、手すりが壁から取れた。サマーが手錠をはめられた手を手すりの端へすべらせて抜いた。

ピットは舵の前へ戻り、接岸できる場所を探した。

「もう離脱しないと」サマーが繰り返した。「船のあちこちに爆薬があって、放射性物質を入れた樽に取り付けられたものもある。せいぜい二、三分しか残っていない」

「放射性廃棄物はまだ船内にあるのか？」

「ええ。船を沈めて川を汚染する気よ」

今、ピットは理解した。ナサルの計画は二段構えだと。ニューヨーク市へ流れこむ水の中でも特に〈デラウェア導水路〉を遮断し、しかるのちに、中間水源の役目を果たせそうなハドソン川を半永久的に汚染する。そうなればニューヨーク市の飲料水は完全に断たれるだろう。

ピットは素早く左右の川岸を見た。東岸は比較的開発が進んでおらず、前方に何もない沼地と入り江が見えるだけだ。彼はそこへ船を向けて加速した。

「放射性物質を入れた樽が保管されているのはどこだ？」と彼は尋ねた。

「船尾甲板の貨物倉。そこにも竜骨（キール）にも爆薬を仕掛けていた。全部見つける時間はないわよ」

ピットは操縦を引き受けるよう娘に身ぶりで指示した。「あの沼へ向かえ、ちょっと見てくる。最初の爆薬が起爆したら舷側から飛び下りろ。アルが後ろに続いている」

ピットは横のウイングから外へ出ると、急いで主甲板へ下りた。

父親が離れていくのを見たとき、サマーはジョルディーノに無線で連絡しようと考えたが、そこで送信機が破壊されたことを思い出した。肩越しにちらっと見ると、クリスクラフトが横へ近づいてきていた。

時計（クロノメーター）をさっと見て、息をのんだ。サマドが爆弾を仕掛けてから二十分近く経っている。いつ船が炎に包まれてもおかしくない。

ピットは後甲板の船倉を見つけてハッチカバーを引き開けた。中に黄色い安全容器が十以上見えた。それぞれに核廃棄物を入れた樽が収容されている。

中へ飛びこんで、薄暗い光の下で必死に捜索し、安全容器の底を探って回った。目に見えない物を手が探り当てた。爆薬の木箱のひとつが容器の底に押しこまれていた。

半径三〇メートルの全方向に放射性廃棄物を飛び散らせるだけの火力がある。

ピットは箱をつかんで甲板に放り上げ、急いで船倉を出た。クリスクラフトのジョルディーノと反対側の左舷手すりへ箱を運ぶあいだ、手の中で爆発するという考えを頭から押しのけ、舷側から力のかぎり遠くへ投げた。箱が手を離れるとき、てっぺんのデジタルタイマーがちらっと見えた。四十五秒。心臓はまだ激しく音をたてていたが、向き直って全力でブリッジへ駆けこんだ。

「船を沈めるための爆薬がいくつあるか、わかるか？」と、彼はサマーに尋ねた。

「私のフランス語は当てにならないけど、六つと貨物倉にひとつって言っていたと思う」

「二人でここにいても仕方がない。今すぐ舷側から飛び降りろ」彼はそう言ってスロットルを引き戻した。

声こそ落ち着いていたが、サマーは父親の厳しい目が早く出ていけと急き立てているのがわかった。反論していっしょに飛び降りるべきだと説得したいところだが、父親の意志の固さは誰よりよく知っている。一秒一秒が大切なことも。

父親の手をぎゅっと握ってドアへ突進した。甲板へ階段を駆け下り、手すりを乗り越えて川へ飛びこんだ。

ピットは娘が水をかいてクルーズ船から離れていくのを確かめてからスロットルを目いっぱい押した。東岸に沿って広がる前方の沼地に目を向けた。沼の前に、ドラゴンの尻尾のように曲線を描くデニングス・ポイントという木々に覆われた半島があった。そこを半分ほど下ったところに、奇妙なピンク色に染まった浅い浜辺が見えた。

ピットは流れの助けを借りて最大速力を得られるよう、船を川の真ん中に定め、左へ急カーブを切って浜辺と直角になるよう船首を向けた。岸まで五〇メートルを切ったところで自動運転にしてブリッジを出た。ジョルディーノに手を振って離れろと指示し、上側の手すりを乗り越えて川へ飛びこんだ。水面を打つ前に腕を抱えて脚を折りたたむ。

高いところからの跳躍と船の速度が相まって、煉瓦塀にぶつかったような心地がした。痛みを振り払い、本能のままに手足を動かして水を強く蹴っていくと、最後に水面を頭が突き破った。クルーズ船が爆発する前に一度だけ深呼吸する時間があった。

竜骨に仕掛けられた爆薬が次々起爆して船を揺るがし、やがて船は煙と破片の雲に包まれて見えなくなった。ピットが水中に頭を引っ込めたところで船の上部構造が爆発して火球と化し、全方向に木っ端と鋼鉄のシャワーを飛び散らせた。上流のどこかで、ピットが舷側から放り投げた木箱がこの騒ぎに加わり、緑色の水の間欠泉を噴き上げた。

ピットは可能なかぎり水中にとどまり、下流へ押し流されながら岸へ泳いでいった。岸の二、三メートル手前で水面に浮上し、水をかいて残りを泳ぎきると、足がかりを得て浜辺へ上がった。

地面がピンク色なのは、割れた煉瓦の何千ものかけらに覆われているからだとわかった。かつてこの半島の工場がエンパイアステートビルに建設用煉瓦を提供し、その後ずっと遺棄されてきたのだ。ピットはでこぼこした表面を横断して、くすぶっているヒュドロス号の残骸へ向かった。

クルーズ船は浜辺一面を耕したあと、すぐ先に広がる森との境目へ船首が突っ込んでいた。前甲板から炎が立ち上っていたが、船尾の貨物区画は無傷のまま煉瓦の浜辺の浅い縁に乗り上げていて、ピットはほっと胸を撫で下ろした。

ジョルディーノが少し離れた浅瀬にクリスクラフトを乗り上げ、消火器を手にサマーと駆けつけた。

「際どかったな」とジョルディーノが言った。

ピットはにっと控えめな笑みを浮かべた。「五秒あったから余裕だったさ」

ジョルディーノがヒュドロス号の甲板によじ登って、ピットの指示を受けながら船尾周辺でくすぶる火を消し止めていった。鎮火を確かめたところで、彼は浜辺のピットとサマーに合流した。「ハドソン川が大惨事に見舞われるところだった」

川のあちこちからサイレンの音が聞こえてきた。警察のヘリコプターが一機、シャフトの現場を目指して低空飛行していた。

サマーは父親に歩み寄ってびしょ濡れのハグを受けた。ここ数日の不安が感情の波と化して表出し、気持ちが消耗しきっていた。「このあとは?」

「うまくいけば、特殊部隊の指揮官を警察が逮捕するだろう」ピットは言った。「逃げていったのはあの男だけのようだ」

「給水設備のゲームは終了と見てよさそうだな」とジョルディーノが付け加えた。

「さしあたり」ピットが娘に言った。「おまえは乾いた服を見つけて新しいパスポートを手に入れる必要がある。至急フランスへ渡って、兄さんを刑務所から出してきてもらいたい」

「刑務所？　ダークはフランスの刑務所で何をしているの？」

「話せば長くなる」

「いっしょに来ないの？」

「行かない」ピットは首を横に振り、遠くを見るような目で弧を描く川を見つめた。

「私はアルとカリブ海へ赴く。発見しなくてはならない九十五歳の潜水艦がいるんだ」

第三部

77

カリブ海

ブリジットは自分の幸運が信じられない気持ちだった。調査機器を引き上げてカルタヘナへ向かわなければならない時間まであと二十分というところで、追跡画面にぼんやりとしたソナー映像が現れた。何らかの沈船……それも大きな沈船だ。

船の残骸は水中の深いところにいて、ソナーは水面近くで曳航(えいこう)されていたため、表示された画像はちっぽけだった。しかし、この楕円(だえん)形は否定のしようがない。長くなめらかな輪郭で、真ん中付近にこぶが突き出ている。ほかの何物でもない。潜水艦だ。

だけど、スルクフなの？　寸法は似ているし、近くから見れば、展望塔から延びている航空機格納庫を確認することもできるだろう。なんとか現場に遠隔操作型無人探査機(ROV)を投入したい。もっといいのは、モーゼル号の小さな潜水艇からこの目で見てくることだ。

しかし、後回しにするしかなかった。カルタヘナでナサルを拾わなくてはならず、そこまでは船で十六時間。ともあれ、朗報を持って彼を迎えることはできる。

彼女はブリッジ後方のソナー・ステーションから体の向きを変えて船長に呼びかけた。「ソナーフィッシュを回収して、港へ向かってちょうだい」

一日二十四時間ブリッジに出入りしているような気がするどら声の船長がうなずいて、ハンディ無線機に話しかけた。彼と乗組員は船上に女性がいるのが気に食わない。それは一目瞭然だった。しかし野蛮な男たちでありながらブリジットにはそれなりの敬意を示してきたし、彼女が驚いたことに、彼らは徹底的と言ってもいいくらい効率的に職務を遂行していた。

水中捜索はこれ以上ないくらい順調だった。どこを捜索するかがカギで、幸運の女神は彼女に微笑んでいた。アゾレス諸島を離れる前、〈ルアーヴル海洋研究所〉の友人がスルクフの全史と沈没に関する分析を電子ファイルで送ってくれた。

一九四二年二月、スルクフがパナマ運河へ接近する途上で沈没した理由には二つの仮説があった。アメリカの貨物船トムソン・ライクス号から、十八日の夜にパナマ沖で一部が水中に没している物体に衝突し、フランス海軍の潜水艦である可能性があるとの報告があった。翌朝、パナマ市から発進したA17爆撃機から、カリブ海で大きな潜水艦を攻撃して沈めたとの報告があった。この二つの出来事の両方にスルクフは巻きこまれた可能性があった。

ブリジットはこの二つの報告をつなぎ合わせ、パナマ沖約一三〇キロに捜索区域を設定した。調査開始からわずか三日、彼女が計画した捜索グリッドをほんの少し調べただけで、彼らは目標物を発見した。

船上に調査機器が引き上げられ、モーゼル号がコロンビアへ向けて加速したとき、ブリジットは空調の利いたブリッジを出て甲板へ下りた。手すりの前に立って海を見ると、湿った熱帯の空気が肌に押し寄せてきた。

この発見のことを考えただけで、アドレナリンが全身を駆けめぐった。ダイヤのことなんて、もうどうでもいい。あの沈船が本当にスルクフで、そこにナポレオンがいたら、私はフランス一有名な女性になる。

カルタヘナの埠頭に立っているナサルが見えると同時にブリジットの興奮は薄れていった。いつも陽気で傲慢（ごうまん）さに満ち満ちた男がげっそりとして、打ちひしがれた様子だ。肩を落とし、顔をこわばらせ、彼女がかつて見たことのない緊張感を漂わせている。

船が波止場へ着くと同時に彼は飛び乗ってきて、すぐ出発するよう船長に命じた。船が海上に出たところで、ようやく彼はブリジットに注意を向けた。彼女の手をつかんで士官室へ導き、倒れこむようにして隅のボックス席に座った。

「お疲れのご様子ね」ブリジットは彼にコーヒーを淹れて隣へすべりこんだ。

ナサルは生気のない目でうなずいた。「アメリカを出るのに苦労した。カナダに向かう船舶は全部調べを受けていたから、計画を変更して徒歩で国境を越えるはめになった。モントリオールに着き、予定していたハバナ行きの航空便にどうにか間に合った」カナダの郵便配達人を襲って強奪した配達トラックで空港にたどり着いたことは、あえて口にしなかった。

「大丈夫なの？」とブリジットは尋ねた。

「作戦は失敗だった。部隊を失ったうえ、発覚の危険も高い」

空港のテレビのニュース報道で、彼はヒュドロス号が川岸に乗り上げている映像を見た。なぜハドソン川の底に沈んでいないのかわからなかったが、サマーが救出されたと報道されていた。倉庫の裏手から攻撃してきた男たちのことをナサルは思い返した。あれはパリにいたアメリカ人の二人組だったのか？

コーヒーカップの持ち手に力を込めた。「フランスには戻れない。少なくとも、しばらくは。クルーズ船の登録情報には手を加えておいたが、誰かが船の所有権をヴィラールまでたどってくる可能性はある。そうなったら、あの爺さんはおしまいだ」

それはつまり、ナサルがあの会社を引き継いだり、ルブッフと買収のお膳立てをしたりできる可能性も消えてなくなるということだ。ヴィラール自身はルブッフとの契約が不履行になる前に捜査当局に捕まれば幸運、というところだろう。ナサルの部隊にあのCEOをマフィアの大物から守れるだけの戦力は残っていない。自分の身を守れるかどうかさえ心もとない。

「残念だが、あの会社もおれのあそことの関わりも、これでおしまいかもしれない」彼は士官室を見まわした。「ここにいては危ない。いずれ誰かがモーゼル号を捜しに来る。それでも多少の猶予はある。カラカス（ベネズエラの首都）へ行って船を廃棄できるくらいの時間は。ベネズエラには力になってくれそうな仕事上のコネもいくつかある」

ブリジットの顔から血の気が失せた。「南米に潜伏するなんて、冗談じゃない」ここで彼女の中に怒りがこみ上げてきた。「例の調査のこと、訊きもしなかったわね」

ナサルは気のないうなずきを返した。「ああ、そうだったな、長いあいだ消息がわからなかった潜水艦だ。悪いが、今、それにかまけている時間はない」

「私、見つけたと思う」ナサルがすっと背筋を伸ばした。「何を?」

「私たちは〈研究所〉のデータを基に捜索を開始したの。やむなく中断してここへ来たけど、その直前、目標を発見した。見通しは明るいと思う」

「見せてくれ」ナサルの声がとつぜん力強くなった。

ブリジットは彼をブリッジのソナー・ステーションへ連れていき、沈船の映像を画面に表示した。ナサルはそれをつぶさに調べ、ブリジットが印刷したスルクフの白黒写真と見比べた。

彼は身を乗り出し、彼女の頬にキスした。「きわめて有望だ」五千万ユーロの価値があるダイヤが手に入れば、ヴィラールとルブッフのことなど遠い記憶の彼方だ。

「ほかにソナー映像は?」

「ない、そのひとつだけよ」

「現場は安全なんだな?」

「ええ。パナマの海岸から一三〇キロくらい。だけど、水深が九〇〇メートル近くあるの。あの深さでも船に積んでいるROVと潜水艇で確認はできるけど、引き揚げるとなると話は別よ」

「引き揚げる対象がダイヤなら、手配はそんなに難しくない」とナサルが言った。

終身刑で投獄中に仮釈放を受けたような心地だった。彼ははずむような足取りで舵へ向かい、沈船の現場へ全速力で向かえと船長に命じた。

十六時間後にブリジットとナサルがブリッジへ戻ってきたときは、指定した場所が近づいていた。近くを通って運河へ向かうコンテナ船をブリジットがぼんやり見ていたとき、彼女は思わず爪先立ちになった。「船を止めて」と彼女は叫んだ。

船長がエンジンを切ったところで、ナサルが彼女のそばへ駆け寄った。「どうした?」

彼女は風防の外を指さした。ナサルは体の向きを変え、ガラスの外に目を凝らした。通過していくコンテナ船の一キロ半くらい先で、コンテナ船よりは小さな船が水平線をゆっくり横切ってきた。

その船はターコイズ色をしていた。

78

「爆弾を投下したぞ」ジョルディーノがNUMAの調査船ハバナ号の船尾にある小さな指令室に入ってきて言った。

「おめでとう」ピットが制御盤の前から言った。「今、自然の中に放たれたフィッシュの世界最多記録を樹立したんじゃないか」

「あとはみんながパパのところへ忘れず戻ってくることを願うのみだ」

ジョルディーノの魚（フィッシュ）はえらが付いたたぐいではなく、電子センサーがぎっしり詰めこまれた魚雷形の長い自律型無人潜水機（AUV）だった。水中深く潜って海底の輪郭をとらえてくるようプログラムされ、海底をかすめるように既定の捜索グリッド上を走行してくる。

AUV八体の発進を調整し、個々の周波数とトランスデューサーを通してデータフィードの供給を手配するとき、ジョルディーノはサーカスの舞台監督になったような気分だった。電子魚の艦隊を操れば、たった一日で大海の一三〇平方キロ近くを調査できる。

ジョルディーノは熱帯の外から戻ってきて空調の快適さに感謝しながら、制御盤の座席に腰を落ち着けた。「あと九十分かそこらで最初のデータが中継されてくる」彼は八種類のソナーディスプレイを備えた部屋前方の大型スクリーンの設定を行った。

「一歩近づけたのはパールマターのおかげかい?」

「きみの武器庫があれば、彼に近づけてもらう必要はないのかもしれない」とピットは言った。

経験と勘が頼りの調査プロジェクトだけに、ピットも彼らがもたらした成果には目を見張らずにいられなかった。彼とジョルディーノはニューヨークで連邦と州の法執行機関から聴取を受けたあと、パナマ市行きの航空便に飛び乗った。次にコミューター機でカリブ海の小さな観光の島サンアンドレスへ飛ぶと、そこで彼らをハバナ号が待っていた。

NUMAの船はAUVの新たな試作品四体の実地試験を済ませたところだったが、古いモデルも四体積んでいた。ソフトウェアを更新して彼らすべてを同時に動かす方法を、ジョルディーノは編み出した。彼が技術的な目標を準備するあいだに、ピットはスルクフについてパールマターと意見を交換した。

海事専門の歴史家はかの潜水艦がトムソン・ライクス号と衝突した可能性や爆撃機の攻撃を受けた可能性についても詳細を明らかにしてくれた。

「爆撃がどの地点で行われたかはかなりあいまいだが、商船と衝突した座標は正確にわかっている」とパールマターは言った。「私だったらそこから始めて、爆撃機の攻撃があったとされる南東へ向かうかな」

「どちらの説明にも信憑性(しんぴょうせい)はあるんだな?」とピットが尋ねた。

「と思う。貨物船の乗組員は潜水艦と衝突したことを確信していたが、真夜中だったし、無灯火で航行していた。爆撃機については、乗員はドイツのUボートだと思いこんでいた。非常に大きな船舶だったと彼らはコメントしている。スルクフはとてつもない不運が重なったのではないかな。商船との衝突で無線のアンテナに損傷を受けて、自分たちの状態やいる位置を報告できなかったのかもしれない。そして翌日、爆撃機に誤爆を受けてしまった。まあ、すべて推測の域を出るものではないが」

「推測よりはずっと信頼ができそうだ。ありがとう、ジュリアン」

ピットはこうした情報から捜索グリッドを構築し、ハバナ号が現場に着くころにはAUVの展開準備が整っていた。最初の一体が初期調査の結果を送信してきたところで、ジョルディーノは大型スクリーンに粒子の粗い写真をアップした。まもなく彼の前で八つのソナー映像がスクロールされていた。ピットにはリールが無限回転している巨大なスロットマシンのように見えた。

ジョルディーノは映像のすべてが同じようにゆっくり動き、目標を簡単に確認できるように表示方法を調整した。

「眼精疲労の上手な作り方って感じだな」と、しばらくしてピットが言った。

「ターゲット候補に旗を立てるアルゴリズムがあるから、データをより素早く循環させることができる」

彼らは散発的に入ってくるソナー・データを代わる代わる見直した。二十時間後、船室でうとうとしていたピットにジョルディーノから電話がかかってきた。「何かある」

「すぐ下りる」

ピットが指令室に入ると、スクリーンに拡大された沈船のソナー映像が目に飛びこんできた。その下にジョルディーノが戦争時のスルクフの写真を表示していた。

「一致したのか?」とピットが訊いた。

「寸法はぴったりだ」とジョルディーノが言った。「艦が斜めに傾いているからか、展望塔が少しゆがんだ感じだが、前方に砲塔、後方に拡張筐体が見える。どう見ても問題の潜水艦だ」

ピットは映像をつぶさに観察して微笑んだ。「その可能性は高そうだ」

「ソナーにもう一回通過させようか?」

「いや」ピットは言った。「われわれの足もとに横たわっているのは皇帝を乗せた船なのかどうか、この目で確かめに行こう」

79

一時間後、ハバナ号の深海潜水艇が海底に到達した。ピットは月面に似た焦げ茶色の海底の上方に潜水艇を静止（ホバリング）させた。

「ソナーは沈船の方向を一三五度と認識」ジョルディーノが副パイロット席から言った。

ピットはスラスタを作動させ、プロペラを回して潜水艇を南東へ向かわせた。潜水艇のLED照明がなければ、海底は棺桶（かんおけ）の中より暗かっただろう。照明があっても、見えるものはほとんどない。水深九〇〇メートル超の海底は冷え冷えとしたわびしい光景で、水上の太陽に照りつけられた熱帯とは対照的だ。

海底の上を滑走していくと、先細りした平らな物体が海底からわずかに立ち上がっていた。彼らの乗っている潜水艇と同じくらいの長さがあり、なめらかで平べったい……人工物なのは明白だ。

「潜水艦の水平舵だ」とピットが言った。

ジョルディーノがその寸法を見て口笛を吹いた。「本体はさぞかしでかいことだろう」

一分後、薄闇から巨大な暗い影がぬっと現れたとき、彼はそれを自分の目で確かめた。船尾から近づいていくと、潜水艦の一対の青銅製プロペラが海底の堆積物（たいせきぶつ）から立ち上がっていた。ピットは甲板の高さへ艇を上昇させ、左舷側の船殻と平行に前進させた。

潜水艦は竜骨（キール）が下になっていたが、ジョルディーノの予測どおり斜めに傾いていた。しかし、この艦には別種のゆがみもあった。

「肉挽（ひ）き器を通されたみたいだ」と、ジョルディーノが感想を述べた。

表面全体に大きなくぼみやしわが付いていて、あちこちにひん曲がった金属板が見え、巨大なハンマーで打ちのめされたかのようだ。

「スルクフの最大活動深度は九〇メートルくらいしかなかった」とピットが言った。「沈没したとき、水圧でビール缶みたいに押しつぶされたにちがいない」

展望塔にたどり着いたとき、潜水艦の身元に関する疑問はすべて解消された。スルクフの司令塔（セイル）は甲板の前後に延びた円筒形の長い筐体の上に築かれていた。展望塔の前方ではこの筐体が、船首方向をのぞきこむ大きな目のような暗い穴が二つ付いた水密性の砲塔に姿を変えていた。

「潜水艦にしては、とんでもない砲を備えていやがる」とジョルディーノが言った。

「もともとは商船破壊艦として建造されたんだが」ピットが言った。「最終的には護送任務に就くことになった」司令塔の周囲をゆっくり回るあいだ、彼は衝突事故か味方による誤爆かで非業(ひごう)の最期を遂げた百三十名の乗組員に思いを馳(は)せた。

展望塔後方の筐体は、蝶番(ちょうつがい)で開閉する丸い鋼鉄扉で終わっていた。この内部に、組み立て直して発進させられる分解された水上機を一機格納できた。

「扉は開けっ放しにしていたようだ」とジョルディーノが言った。

沈没の衝撃でか、丸い凸型扉は五〇センチほど開いていた。ピットは扉の上に潜水艇を移動させたあと、開口部のそばへゆっくり下降して、前方の強力なライトで中を照らした。

「特大の棺を保管した可能性が高い場所をパールマターは三つ挙げてくれた」とピットが言った。「前方魚雷室と後方魚雷室、そしてこの水上機格納庫だ。後年の航海では、航空機を運んでいなかったはずだと彼は言っていた」

潜水艇のスキッドが甲板に着地し、スラスタが堆積物の小さな雲を蹴り上げた。水が澄んだところで、二人は前へ体をかがめて格納庫をのぞきこんだ。全体を眺望することはできなかったが、展望塔までの長さのほとんどが見えた。空っぽだ。

ピットは潜水艇を上昇させ、頭上からの調査を続行した。司令塔を通過し、長い開放甲板を渡って、船首に接近した。細くなった鼻面が剪断(せんだん)を受けてギザギザが付いた鋼鉄の塊と化していた。左舷船首に、何によるものかは不明だが、空爆か水圧かみずからの魚雷かで吹き飛ばされた穴が開いていた。

ピットが露出している区画に沿って滑走していくと、三層にわたる甲板のうち二つの内部がちらりと見えた。船殻にひとつ大きな裂け目ができていることがわかり、そばの海底に潜水艇を停止させた。

「猟犬を放つときが来た」とピットは言った。

ジョルディーノが潜水艇のフレームに取り付けられている小さなROVの電源を入れた。ジョイスティックを操ってケーブルの付いた機械をスルクフのほうへ推進させた。ROVにはピザ配達用の箱くらいの大きさしかなく、スラスター式とカメラと照明が付いているだけだ。

ピットが映像を表示するモニターの電源を入れるいっぽうで、ジョルディーノはROVを潜水艦内に進ませ、電源ケーブルが船体のギザギザでこすれないよう慎重を期した。

ROVは隔壁に沿ったパイプとケーブルの迷路を表示したあと、その区画の真ん中へ滑空した。図面からみて前方魚雷室とピットは判断し、映像がそれを確認してくれた。

ジョルディーノが魚雷発射菅に沿ってROVを誘導していくと、内部ハッチは密閉されていた。内部は薄暗い洞窟状で、隔壁とパイプと魚雷の架台があり、どれも暗い沈泥の層に覆われていた。「中で爆発があったようには見えない」と彼は言った。

「そこは救いだが、この区画に大きな木箱はない」

ROVが送ってきた映像を見るかぎり、区画の奥に広い空間があったが、空っぽで何もなかった。

「まだ後方魚雷室がある」ジョルディーノがリールで慎重に電源ケーブルを巻き取りながら、ROVが潜水艇へ戻ってくるよう誘導した。ピットがスラスタのボタンを押して、潜水艇を潜水艦の後方へ進ませた。

船首に比べて船尾は損傷が小さいため、彼らは船殻の両側を調べなければならず、そこでジョルディーノが、船殻プレートにゆがんだ縫い目が走っていることを指摘した。「中へ入りこめるかもしれない」

ピットが裂け目から少し離れた地点に潜水艇を静止させると、ジョルディーノはROVを前進させ、鋭角に傾けて裂け目をくぐらせた。カメラが明らかにしたのは前方魚雷室の小型版で、前方と同じような兵器架台があった。前方に比べて沈泥の覆いが少なく、ジョルディーノは隅に見えた何足かのブーツと瓦礫のそばにしばらくROVをとどまらせた。人間の残骸かもしれない。

「大きな潜水艦だし」ジョルディーノがROVを受け台へ戻しながら言った。「別のどこかに収納した可能性もある」

「かもしれない」ピットはバッテリー残量がとぼしくなってきたのに気がついた。

「上で充電し直して、設計図を見直し、もういちどパールマターに相談しよう」捜索は空振りに終わったが、彼は前向きな考え方を崩さなかった。

「しかしその前に」とピットが続けた。「フランスへの手土産（てみやげ）を回収してきてはどうだろう？」彼は潜水艇をスルクフから離し、水平舵のところへ引き返した。

「どでかい形見だな」ピットが遺物のそばに潜水艇を止めたところで、ジョルディーノが言った。

ジョルディーノは油圧マニピュレーターの制御装置に取り組み、チタンの指で水平舵の蝶番をつかんだ。ピットは堆積物から分厚い板を引っぱり出すため、潜水艇のバラストタンクを空っぽにして浮力を加えなければならなかった。やがて物体は海底を離れ、沈泥の太いうねりを引き起こした。

水が澄んだところで、潜水艇は船体を震わせながらふわりと海底を離れた。巨大なピザの箱を思わせる板をつかんだまま、二人乗りの潜水艇はゆっくり静かに水面へ向かって上昇を開始した。

80

ナサルはツァイスの高性能双眼鏡でNUMAの船に目を凝らした。明るい甲板灯に照らされて深夜の船尾甲板のあわただしい動きが明らかになった。一キロ半以上離れていることもあって詳細はわからないが、潜水艇の回収を目前にしているにちがいない。

「回収の準備をしているようだ」と彼は言った。

地震調査船モーゼル号のブリッジの反対側で船長が腕時計を見た。「潜ってから何時間か経つ。そろそろ上がってくるころだ」

モーゼル号は沈船の現場近くでNUMAの船を見つけてから、ずっと距離を空けてきた。ブリジットの心はかき乱れていたが、ナサルは天の恵みかもしれないと考えていた。モーゼル号には深海からの引き揚げができる設備がないが、NUMAの船が代わりに力仕事を引き受けてくれるかもしれない。そこから先は彼の鍛え抜かれた特殊部隊が引き継げる。

　ナサルはハバナ号の設計図をダウンロードして精査し、万が一を考えて襲撃部隊に簡単な状況説明を行った。しかし、彼の初期計画は、NUMAの潜水チームのすぐあとを追尾して、彼らが墓とダイヤを掘り起こして略奪しやすくしてくれるのを待つ、というものだった。

「愛しい人（モナムール）、下降の準備はいいか？」彼はブリジットが座っている海図台の前へ歩み寄って彼女の肩をさすった。台上に広げられているのはスルクフの略図と写真だった。

「向こうは浮上してきたの？」

「もうすぐだ」

　ブリジットはNUMAの船を見たショックを克服して、今はスルクフへの探検に胸躍らせていた。あの潜水艦を最初に発見したのは自分だ。NUMAを出し抜き、潜水艦と墓を発見したのは自分と主張することはまだできる。必要なのは証拠写真だけだから、モーゼル号の潜水艇に乗り組むことにこだわったのだ。

　立ち上がって水平線上のNUMAの船を見つめる彼女に負けじと、ナサルも神経を集中した。「お隣さんとちがって、きみは暗い中で活動したほうがいい」

「これ以上近づけないなら、せめて、潮の流れてくる先に落としてちょうだい、降下しながら現場へ漂っていけるから」

ナサルは船長に要望を伝え、ブリジットに付き添って後甲板へ向かった。パイロットがやってきたところで彼女は小さな白い潜水艇に乗りこみ、ナサルにキスをしてハッチを閉めた。

ナサルが見守る中、潜水艇は船尾から吊り下げられて水面下へ投入された。潜水艇が姿を消して早々にナサルはブリッジから無線連絡を受けた。

「ＮＵＭＡの潜水艇が浮上した」と船長が言った。「自分の目で見たいのではないかと思って」

ナサルがブリッジへ駆けこむと、船長が双眼鏡に目を凝らしていた。

「何か引き揚げてきたが、何かは見分けがつかない」船長は双眼鏡をナサルに渡した。

ナサルは自分の目で確かめた。モーゼル号はＮＵＭＡの船の船首と向き合っているため、船尾甲板の様子はよく見えないが、黄色い潜水艇が水面にいて、その上でクレーンのワイヤーロープがぶら下がっているところがおぼろに見えた。

「南へ向かえ」彼は言った。「これではよく見えない」

方向転換に二、三分かかったが、ナサルの視界は改善された。潜水艇はまだ水中にいたが、クレーンが船尾甲板に何かを運んでいた。側面が平らな長い物体が船縁のそばに下ろされていくのがちらりと見えた。石棺か？

　双眼鏡の焦点を合わせ直してもういちど見たが、手すりに視界を遮られた。目を凝らすうちに潜水艇が船上へ引き上げられ、乗員二人がハッチから這い出てきたときは蟻のように見えた。

「何を回収してきたのか、わかりましたか？」と船長が尋ねた。

「いや、しかし、おれたちが捜しているものかもしれない。こっちの潜水艇の報告を待とう」

　その予定はすぐに消えてなくなった。「船が動きだした」と操舵手が言った。

　ナサルは船を見たあとレーダーモニター前の船長に合流し、ハバナ号の映像が東へ動いていくところを注視した。

「沈船の上に移動しているのか？」

「いや、現場から離れていく」船長は画面を指さした。「猛スピードで走り去ろうとしている」

　ナサルは罵りの言葉を吐き、舵輪に拳を叩きつけた。

「遺物を回収したんだ。一定の距離を空けてあとを追い、襲撃チームを士官室に呼べ。一刻も早く襲撃をかけなければ」

「うちの潜水艇はどうします？」と船長が尋ねた。「海底にたどり着いたところだ」

ナサルの目には、離れていくＮＵＭＡの船しか見えていなかった。そこに視線を定めたまま、彼は首を振った。

「放っておけ」

81

サン・ジュリアン・パールマターはベトナムのハス茶が入ったカップに口をつけ、自分の書斎に置かれた幅の広いウイングバックチェアに腰を落ち着けた。スルクフについて記録保管庫から集めてきた情報の分厚いフォルダーをわきへ置き、バミューダ諸島で調べた情報とピットがフランスから送ってきた情報をあらためて検討しはじめた。文献をくまなく調べ、マルセル・デミルから届いたはがきの最後の二通のコピーに立ち返った。

「リトル・ギニアに立ち寄ったあと」彼は声に出して読んだ。「太平洋に出る可能性が高い」

彼とピットはリトル・ギニアについてコンピュータで無数に検索を試みたが、なんの結果も返ってこなかった。その名前で知られる既知の地域や土地はないようだ。パールマターはこの名前に何かしらの意味があると確信していたが、それを突き止められずにいた。

マルティニーク島産のセント・ジェームスというラムの瓶に手を伸ばし、少量をハス茶に振り入れた。ひと口飲み、瓶をしげしげと見た。ラベルは大農園の豪邸がモチーフだ。パールマターは椅子から立ち上がり、書物があふれそうになっている書棚へ向かった。ナポレオンの古い伝記を一冊見つけて椅子に戻ってきた。

三十分後、その顔に満面の笑みが広がった。

「信じられない」彼は一人つぶやいた。「またしても、あの皇帝にしてやられたか」

少しして、ピットがスルクフを発見したと報告するため電話をかけてきた。彼が「もしもし」を言う間もなく、パールマターは開口いちばん言った。「ナポレオンはスルクフには乗っていない」

ピットはとりあえず、潜水艦の調査に実りがなかった点を説明した。「どうしてわかったんだ?」

「ジョゼフ・ガスパル・ド・タシェ・ド・ラ・パジュリについて書かれた文献だ」とパールマターは言った。

「何のことかわからない」

「ド・タシェ氏はマルティニーク島がフランス領だった十八世紀、サトウキビ大農園の所有者の第二世代だった。ラ・パジュリは島の同名地域に由来するこの御仁の大農園の名前だ。しかし、この大農園には通り名があった」パールマターは言った。「リトル・ギニアと呼ばれていたんだ。そこで働いていたアフリカ奴隷の多くの祖国に由来する呼び名だった。マルセル・デミルのはがきに出てきて、どこのことかわからなかった地名と同じだ」

「単なる偶然という可能性は？」とピットが尋ねた。

「まずない。それどころか、ド・タシェにはその大農園で生まれ育った娘がいた。名前をマリー・ジョゼフ・ローズ・ド・タシェ・ド・ラ・パジュリといった」

「初めて聞く名前だ」

「歴史上ではジョゼフィーヌ・ボナパルトという名前のほうがよく知られている」

「ジョゼフィーヌ」ピットが言った。「そうか。そして一九四二年のマルティニーク島はフランス領だった。デミルは戦争が終わるまで隠しておこうとジャン・デペをリトル・ギニアに運び入れた。ジャン・デペがナポレオンのことなら、完全に辻褄が合う」

このときピットはハバナ号のブリッジに立っていて、話しながらワークステーションにカリブ海の地図を呼び出した。カリブ海の東の境界を形成している小アンティル諸島のマルティニーク島に目を凝らす。

「スルクフの沈没もそれで説明がつくかもしれない」ピットが言った。「あの潜水艦はマルティニーク島にこっそり立ち寄ったために、パナマ運河に向かうのが遅れたのかもしれない。そのために到着時間が狂って、爆撃機の誤認を招いたのかもしれない」

「そのとおり。マルティニーク島はフランスの植民地だったが、戦争初期はヴィシー政権下にあった。そのためスルクフは島都フォール・ド・フランスの主要な港には公然と乗り入れることができなかったが、ラ・パジュリの大農園からすぐのレ・トロワ・イレの入り江に浮上することはできたのではないか」

「そこで彼らはナポレオンを下ろし、ジョゼフィーヌ生誕の地に埋めたのかもしれない」ピットが言った。「ちょっとロマンチックじゃないか」

「筋は通っていると思う。彼らはナポレオンをお屋敷の敷地、おそらくは一家の墓に埋葬したのだろう」

「その場所は今も？」

「存在するが、規模は当時より小さくなっている。その敷地に残っているのは博物館だけだ。ジョゼフィーヌはフランスに埋葬されたが、今もマルティニーク島では人間国宝視されている」

ピットがにやりとした。「彼女がフランスに埋葬されているのは確かなんだな？」

パールマターが笑った。「もう、偉人の遺体がどこにあるか、軽々には口にできなくなったな。むだ足を踏ませる種をまいてすまなかったが、きみがスルクフを発見したのは喜ばしいことだ。記録写真を分けてくれると信じているよ」

「ジョゼフィーヌ生誕の地とのつながりを発見してくれた見返りとしては、控えめな交換条件だ」ピットはさよならを告げて電話を切った。

ブリッジでジョルディーノが彼に歩み寄った。「もう一回潜れるように電池パックを交換してもらったぞ」

「その必要はなかった」ピットはパールマターとの間にどんな会話があったかを伝えた。

「マルティニーク島？」ジョルディーノが言った。「そうか。熱帯のフランス領だが、カリブ海にある。やれやれ、エスカルゴ料理に魅入られてそれを乗り越えたばかりなのに」

彼は船上に潜水艇を固定するためブリッジを出ていき、そのあいだにピットは船長のキース・ラウデンに新たな出港命令を出した。ハバナ号が出発すると、ピットはスルクフのビデオクリップを添付したメールをパールマターに送った。海事歴史家からはすでに、ジョゼフィーヌ生誕の地についての細かな追加情報が写真付きで送られてきていた。

この情報をつぶさに検討したあと、ピットはブリッジの乗組員におやすみを言い、新鮮な空気を求めてブリッジの右舷ウイングへ足を踏み出した。涼しい海風が吹く中、手すりの前に立ってパールマターの発見に考えを巡らせた。半月が水面に淡い銀色を投げかけていた。前方の海は黒くがらんとしていて、ピットは虚空の静謐を全身で吸収した。ところが、すぐ隣の昇降口階段でガサガサッと音がして、ここにいるのは自分一人でないことに気がついた。

さっと後ろを見ると、暗い人影が階段を上がってきて、その腕に抱えられたアサルトライフルが月明かりをきらりと反射した。

82

モーゼル号がNUMAの船を追跡するあいだに、ナサルは襲撃チームを集めて硬式ゴムボートと呼ばれる複合艇の発進準備をした。自船がハバナ号の一キロ半以内に近づくまで、彼はブリッジを行ったり来たりしていた。その距離まで近づいたところで彼は船長にエンジンを切るよう命じた。

「後ろをついてこい」と彼は言った。「船を奪ったら無線で連絡する」

船尾で五人構成の特殊部隊が彼を待っていた。彼らは黒服に身を包み、消音器付きのアサルトライフルで武装していた。モーゼル号が減速したところで舷側からゴムボートが投下され、隊員たちが乗りこんだ。ナサルが舵を取ってボートを進め、ハバナ号を追った。

モーターをフル回転させて全速前進し、NUMAの船と平行になった。甲板に乗組員の姿は見えず、彼の乗船計画は単純化された。船尾甲板に固定されている潜水艇が見えたが、回収された遺物はどこにも見当たらない。

「左舷甲板、安全確認(クリア)」と隊員の一人が伝えた。ナサルは素早く方向転換して船の左舷側へ向かった。海上を走行している船に乗りこむのは危険な作業だが、ナサルはヴィラールの船団で部下たちと繰り返し練習を重ねてきた。速度を合わせてハバナ号にゴムボートを横付けする。先端が柔らかな引っかけ鉤が船の手すり上へ放り投げられ、結び目が付いたロープをチームの一人が素早くよじ登った。甲板にたどり着くと同時に男は頑丈な縄梯子を広げた。

ナサルが三人の隊員を従えて梯子を上るあいだに、最後の一人が舵柄(かじづか)をつかんでボートを離れさせ、一定の距離を置いてハバナ号を追う態勢に入った。調査船はまだ静かなようだが、乗組員が大勢いることをナサルは知っていた。ブリッジを確保するため隊員二人を送り出し、左右両方から近づいていくよう命じた。

ナサルは残る二人とともに、潜水艇に近い開放区画に向かって移動した。引き揚げられた遺物が収容されているのはここだ……ついにベルギーのダイヤが手に入る。

83

特殊部隊の男は間隙(かんげき)を縫うように単独で右舷手すりへ向かい、そこから前進を開始した。ナサルの指示に従い、左舷手すりの相方と連携してきっかり二分でブリッジに入る。そうすれば操舵室へ進んで襲撃に備える時間が充分ある。

前で横扉が開いて蛍光灯の光が甲板を洗ったとき、男は動きを止めた。青いつなぎの服を着た女が一人、カメラを手に外へ足を踏み出した。男が巻き上げ機の陰に頭を引っ込めたところへ女が近づいてきた。シャンプーのにおいが嗅げるくらいそばを通り過ぎていった。

男はブリッジへ上がる昇降口階段へふたたび前進した。ドアが開いたブリッジウイングから和気藹々(わきあいあい)とした声が漏れているのが、乗船に気づかれていない証拠だ。腕時計を見て、突入まであと数秒と認識した。

階段を急いで駆け上がり、ブリッジのドアが目に入ったとき、踊り場に動きを感じた。そっちへ顔を向けると、暗がりから人影が立ち上がり、腕を振って突進してきた。

ピットは武装した男のこめかみ近くに拳を叩きつけ、男は階段から転げ落ちそうになった。

男は体勢を立て直してライフルをくるりと回そうとしたが、ピットが体を押しつけて相手の胸にライフルを固定した。自由なほうの手でパンチの嵐を浴びせる。

男はライフルから手を放してこの集中攻撃を防ごうとした。しかし、ピットは頭部に痛烈な打撃をいくつか見舞って男をぐらつかせた。

男はピットよりずっと重く、自分の体格を最後の盾にした。頭を下げて雄牛のように突進をかけ、ピットの背中を手すりに押しこんだ。

この突進でピットはバランスを崩した。身を翻して相手をやり過ごそうとしたが、体が密着しすぎていた。相手の重い体といっしょに手すりへ押しこまれたが、この手すりで動きが止まるはずだった。ところが、相手の男はピットと同じく長身で、その上半身が二人分の重さを前へ押しやった。

二人はつかみ合ったままバランスを立て直そうとしたが、すでに勢いがつきすぎていた。足場を失っていっしょに手すりを乗り越え、下の海へ姿を消した。

84

スルクフの水平舵はハバナ号のメインラボへ押しこむには大きすぎたため、ラボのすぐ外の甲板上に置かれていた。遺物を真水に浸せるよう、乗組員がビニールシートを敷き、縁を持ち上げて浅いプールを作った。いずれ保存施設で化学浴を用いた脱塩と、金属を安定化する電気分解が行われるが、この淡水浴で当面は損傷を防ぐことができる。

カメラを持った女性はノリクという海中考古学者で、彼女がこの金属構造物の写真を撮っているところへジョルディーノが近づいてきた。

「あの潜水艇でこれを引き揚げてきたなんて、信じられない」と彼女は言った。

「重いのは水から出たときだけだ」ジョルディーノはにっと歯を見せた。「すこぶるいい状態だな」

「切り落とされた箇所以外は素晴らしい保存状態よ」彼女はギザギザがついた取り付

け金具を指さした。

ジョルディーノは体をかがめて目を近づけた。プールの水があふれかけていたため、彼は水を送りこんでいるホースの口をつかんだ。

「アル」とノリクがささやき、彼の腕をつかんだ。

ジョルディーノが目を上げると、黒服に身を包んで武装した男が後部隔壁沿いをそっと移動していた。船尾のほうへ顔を向けていたため彼らには気づいていない。男が一歩進んでジョルディーノたちのほうへ顔を向けたとき、その状況は変わった。

ジョルディーノはすでに動きだしていた。武装した男に突進し、ホースを持ち上げて顔に水を浴びせた。男は反射的に顔をそむけ、片方の手で顔をぬぐって、そのあいだにライフルを持ち上げた。ジョルディーノは甲板を蹴って男の胸の高さに突進し、相手を隔壁に激突させた。

男はうっと息を詰まらせたが、体の横に手を下ろしてホルスターの拳銃を抜くだけの冷静さはあった。

ジョルディーノが再度攻撃に出て、強烈なアッパーカットを相手の腹に突き刺す。拳銃がホルスターから出たところで男はうめいた。ジョルディーノは拳銃にかまわず、全体重をのせた右の拳で男のあごを打ち抜いた。男は甲板に崩れ落ち、体の横に武器がカチャンと落ちた。

ジョルディーノはライフルに手を伸ばし、スリングを引き上げて男の頭から外した。後ろでガサッと音がしたためくるりと振り向き、武器を持ち上げたところで、ぎょっとして動きを止めた。

近くでナサルがノリクの頰に拳銃を押しつけ、ゆがんだ笑みを浮かべていた。「銃を捨てろ」彼は言った。「さもないと、女は死ぬ」

ジョルディーノはライフルを甲板に下ろしてナサルを見据えた。「こちらこそ、こんにちは（ボンジュール）」

ナサルは相手が誰かに思い当たってすっと目を細め、そのあと驚きを振り払って横の隊員に合図を送った。隊員が足を踏み出し、膝を折ってアサルトライフルを拾い上げた。そのあと立ち上がると同時に台尻が弧を描き、ジョルディーノの腹に強烈な一撃を見舞った。

ジョルディーノは体をくの字に折ったが、倒れず踏みとどまった。口を開かず、ノリクのおびえた目を見て、それ以上の抵抗は思いとどまった。

倒れていた隊員が仲間の手を借りて立ち上がり、その手にも武器が戻ってきた。

隊員二人が銃を構えてジョルディーノに狙いをつけたところで、ナサルは拳銃を下ろして間に合わせのプールに浸けられた水平舵に近づいた。「これはスルクフのものか?」と、彼はノリクに尋ねた。

　彼女がジョルディーノをちらっと見ると、彼はうなずいて、かまわないと伝えた。「そうよ」彼女は言った。「船首水平舵のひとつだと私たちは信じている」

　ナサルは顔をしかめた。「これがおまえたちの回収してきたものか?」

　ナサルの腰のハンディ無線機がパチパチッと音をたてて声を伝えてきた。「ブリッジを確保しました。しかし、ジェラールの行方がわかりません」

「わかった」ナサルは言った。「すぐ行く」

　彼はふらついている隊員に顔を向けた。「おれはブリッジにいる。ここの区画を全部調べて報告しろ」彼はほかの者たちにも動きだすよう身ぶりで伝えた。一人が武器でジョルディーノを小突き、ナサルがノリクの背中に拳銃を押しつけた。

「ブリッジへ案内しろ」彼は言った。「レディ・ファーストだ」

85

ピットは走行中の船の真横に着水した。特殊部隊の男ともつれ合ったまま落ちていくあいだにゴキッと音がした。二人とも頭から水面に飛びこむ形になった。

ピットは入水時の痛みで敵をつかんでいた手を放し、敵からもつかむ力が抜けていた。暗い水中で、男の頭部が片側へ大きく傾いているのが見えた。ゴキッという音はこれだったのか。落下中、相手の頭が船殻の横にぶつかって首が折れたのだ。

ピットは死んだ男をわきへ押しやり、プロペラに引きこまれないよう泳いで船から離れた。水面に浮上したとき、ハバナ号が水を攪拌（かくはん）しながら通り過ぎていくのが見えた。一五ノット（時速約二八キロ）超で走行中だから追いつきようがない。

ピットが泡立つ航跡の中を上下しながら、救助を求めて叫ぼうかと考えたとき、船尾甲板で武装した男が二人、ジョルディーノとノリクを連行していくところが見えた。声が届いたところで救助の手は差し伸べてもらえない。

NUMAの船が離れていくところを、ピットはなす術もなく見つめていた。これで、何もない海に立ち往生だ。いちばん近い陸地までは一三〇キロ近くあり、水深は八〇〇メートルくらい。さいわい水温は二八度くらいあって、低体温症の危険は避けられる……水面に浮きつづけることができればだが。

落ち着いて、自分がどこにいるかを把握し直した。カラカスとパナマ運河を結ぶ海上交通路からそれほど離れてはいない。夜明けまで立ち泳ぎをして通りかかる船の目を引くことができるだろうか？　可能性はあるが、これはまさしく運頼みだ。腹を空かせたサメが現れる可能性だって同じくらいある。

ピットは西の方向を向いて、三キロほど離れたところにいるモーゼル号の明かりに目を凝らした。襲撃部隊の支援船だから、あれはハバナ号を追跡している。NUMAの船が急停止しないかぎり、それを追っていく船にこっそり乗りこむのは至難の業だ。

望みは薄そうだったが、ピットはパニックに陥るタイプではなかった。冷静さを失わないことが最上の行動指針と心得ていた。もともと忍耐強い人間だったわけではないが、彼には冷静さを維持できる生来の力があった。

生き延びるための数少ない貧弱な選択肢に考えを凝らしていたとき、とつぜん船外機の音という形で救いの手が差し伸べられた。

86

ゴムボートに乗った特殊部隊の男はＮＵＭＡの船を同じ速度で尾行していた。乗り心地をよくするため、調査船の航跡が平らになったところにボートの位置を定めてきた。気づかれることのない距離を維持するよう心を砕き、ハバナ号の甲板灯に目を釘(くぎ)づけにしていた。ブリッジを確保したという連絡を無線で受けたあと、思ったとおり調査船の速度は目に見えて落ちてきた。しかし、ナサルから戻れという指示が来ていなかったため、命令を受けるまでは視界に入らないよう努めていた。

スロットルをゆるめ、小さな三角波にゴムボートを漂わせた。暖かな夜で、海はおだやか、調査船から銃声は聞こえない。リラックスして、雲間にきらめく星々に見入った。

おおぐま座の輝点をつなげていたとき、水面から手が伸びて彼の戦闘服の背中をつかんだ。その力に後ろへ引かれ、ゴムの船殻に背中が当たって体がひっくり返り、頭から水面に落ちた。

ピットにとっては過酷な泳ぎだった。通りかかったボートをつかまえようと全力で水をかいたが、ボートは数メートル離れたところを猛然と通過していった。ところがその数秒後にボートのパイロットがスロットルを切り、ピットに再チャレンジの機会をくれた。

肺が焼けつく心地に見舞われながらも、ありったけのエネルギーをそそいで、速度をゆるめたゴムボートに追いつこうとした。徐々に差が詰まってきた。急いで、しかし極力音をたてずに泳いでいった。パイロットは舵柄の左、船尾のベンチに座っていたため、斜め後ろから接近した。

ピットは気がついていないパイロットをつかみ、男が転落する力を利用してゴム製の船殻に体を引き寄せ、腹ばいの姿勢で乗りこんだ。スロットルをひねるとボートは特殊部隊の男が浮かんでくる前に猛然と離れていった。男の叫び声はモーターの音に遮られてNUMAの船にいる仲間には届かなかった。

ピットはターコイズ色の船に向かって突進したが、銃を持って後甲板を横切っている黒服の男に気がついて針路を変更した。男から見えないところへ離れながらゴムボート上にライフルなどの武器がないか探したが、見つからない。ボートの緊急キットにあったのはスティック形の閃光筒(フレア)だけで、水上に戻った場合に備えてそれをポケットに入れた。

ボートの針路を大きく変えて調査船の右舷側へ回りこみ、少しずつ距離を縮めて船殻を観察した。隊員たちが使った乗船手段があるはずだ。それが回収されていないことを願った。しかし、何も見えない。

スロットルを切って船を通過させた。船のエンジンが静かになり、勢いが衰えていくのが見えた。左舷側面へ回りこんだとき、探していたものが見つかった。手すりから太い縄梯子がぶら下がっていた。

87

ジョルディーノがさきほど昏倒させた隊員が不安そうな面持ちでブリッジへ駆けこんできた。「右舷甲板と隣り合う区画は全部調べました。ジェラールは見当たりません」

「無線機に何も連絡は入っていないのか？」とナサルが訊いた。

「はい、まだ応答はありません。ブリッジで連係して攻撃を仕掛ける予定でした。彼が見えなくなったのはほんの二分くらいです。船縁から落ちたのかもしれない」

ナサルはためらいがちにうなずいた。「だったら、泳ぎ方を知っているといいな。ほかに遺物は見つかったか？」

隊員は首を横に振った。「乗組員を士官室に集めたあとラボと区画を全部調べました。船尾甲板にある鋼鉄の物体以外、何も見つかっていません」

ナサルは体の向きを変えて目を凝らした。ブリッジの前方でジョルディーノ、ノリク、ラウデン船長、操舵手が、ひとまとまりで銃の狙いをつけられて立っていた。
ナサルは彼らに一歩近づき、ジョルディーノに問いかけた。「ナポレオンの棺はどこにある？」

ジョルディーノはひょいと肩をすくめた。「グラント将軍の墓か？」

ナサルは手のひらをホルスターに当てた。「回収した物は何だ？」

「船首水平舵よ」とノリクが言い、足を一歩前に踏み出した。

「ほかには？」

「あれだけよ」と彼女は言った。

「おまえは潜水艇に乗っていたのか？」

「いいえ、でもビデオ映像を見ていた」

「見せろ」

ノリクはブリッジを横切ってワークステーションへ行き、記録された潜水映像を呼び出した。

ナサルはスルクフの映像と水平舵の回収場面を早送りさせた。「棺とダイヤはどこだ？」

ノリクはぽかんとした表情を浮かべた。「何の話？　そんなものは何ひとつ見つかっていないわよ」

　ナサルはブリッジの前方へゆっくり戻り、船長に顔を向けた。「現場を離れていくのはなぜだ？」

「ヴァージン諸島の保存施設に水平舵を届けるためだ」とジョルディーノが言った。

　ナサルが隊員の一人にうなずきを送ると、男はライフルの台尻をジョルディーノの肩に打ちつけて転倒させた。

「おまえに訊いたんだ」と、ナサルはラウデン船長に言った。

「彼の言うとおりだよ」ラウデンは答えた。「われわれはヴァージン諸島へ向かっている」

　たしかに船はその諸島がある北東へ向かっていた。だがこれは、コロンビアの北岸を通過して東のマルティニーク島へ向かう一時的な方向に過ぎなかった。

「なら、棺はどこにある？　あれとダイヤを持たずに立ち去ったりするわけがない」

　彼の疑問は沈黙に迎えられた。

　ナサルは返事を待ち、そのあと隊員の一人にささやいた。男はノリクの腕をつかみ、右舷ウイングのドアへ引きずっていった。ジョルディーノが抵抗しようと一歩足を踏み出したが、別の隊員がライフルのひと突きでその動きを止めた。

「ダイヤをどこに隠しているか言え」ナサルが怒鳴った。「言わないと、この女を撃って船縁から投げ捨てる」彼はジョルディーノをにらみつけた。「そして、次はおまえだ」

ナサルは怒りを募らせていたが、そのあいだブリッジは静まり返っていた。「最後にもういちど訊く。棺とダイヤはどこだ?」

ウイングの隊員がノリクの耳にライフルの銃口を上げ、ナサルから引き金を引く許可が出るのを待った。

「この船にダイヤはない!」ざらついた声が怒鳴った。

全員の目が左舷ブリッジウイングへ向けられ、そのドア口にピットが立っていた。ずぶ濡れで、極度の疲労に張り詰めた様子だが、その目には炎が宿っていた。

「潜水艦にもない」彼は言った。「しかし、どこにあるか、私は知っている」

88

ナサルは怒りと驚きと憎悪が混じった表情でピットを見た。この男はニューヨークで死んだはずだ。なのに、ここにいる。ずぶ濡れの服から見て、ジェラールの失踪にはこの男が関与しているのだ。

ナサルは冷ややかな目でピットを見据え、ノリクのほうを身ぶりで示した。「どこにあるか言え。さもないと女は死ぬ」

「だめだ」とピットは言い、相手をにらみつけた。「おまえがこの船を出ていき、私の乗組員を解放したら、正確な場所を教えてやる」

「今ここでおまえを殺すこともできる」とナサルが言った。

「その場合、おまえはただの人殺しのまま五千万ドルの大損をする」

ナサルはピットの中に自分と似た筋金入りの精神力を見た。ピットの澄んだ緑色の目は問題解決能力の高さを示していたが、彼の人間性も映し出していた。高潔な男によくある弱点だ、とナサルは思った。しかし、今の取引に不足はない。ここで大事なのはダイヤだけだ。それを回収した時点でピットを始末する満足も得られるだろう。

「よかろう」彼は言った。「ただし、おまえ自身がそこへ案内しろ」ナサルはウイングにいる隊員に顔を向けた。「女を放せ。そのあと、われわれの新しい友人を確保しろ」と彼は言い、ジョルディーノを指さした。「そいつもだ」

命じられた隊員はノリクをみんなのところへ戻し、軍用レベルの結束バンドを取り出して、ジョルディーノの手を体の前で縛った。男がピットのところへ移動して同じプロセスを踏むあいだ、ナサルともう一人の隊員が武器を構えていた。

ナサルはそのあとラウデン船長に顔を向けた。「当局者への連絡を試みたら、その時点でおまえの友人たちは死ぬ」

彼は船の無線機に歩み寄り、そこに銃弾を二発撃ちこんだ。隊員の一人にブリッジの屋根へ上がるよう指示すると、男はライフルの集中射撃で操舵室のてっぺんの通信設備と航法アンテナを切り刻んだ。

ピットとジョルディーノが別々に後甲板へ連行されるあいだに、ナサルは屋根へ上がらせた隊員を船内へ送り出した。乗船チームの再結集を待つうちに、船内の深いところで一斉射撃の音がした。

　ピットの目に懸念が浮かんだのにナサルが気づいた。「おまえの乗組員じゃない」彼は言った。「船の進みを遅らせただけだ」

　銃を持った隊員が戻ってくると、一団はゴムボートに乗りこんで調査船から出発した。少し離れたところから助けを求める叫び声が上がり、少し前までゴムボートを操縦していた男が見えた。水中でもがいていた男は引き上げられてピットの横に座ったが、疲労困憊していて、自分を溺死させかけた男に立ち向かうどころではなかった。

　しばらくして彼らは三キロほど後ろを追っていたモーゼル号にたどり着いた。航行灯は消えている。ピットとジョルディーノは監視を付けられて船の調理室へ連行され、そのあいだにナサルはブリッジへ上がった。

「うちの潜水艇から回収について問いただされています」船長が言った。「三十分前に浮上したまま海に置き去りにされて、狼狽している」

「すぐ回収に向かうと言ってやれ。潜水艇の位置は?」

「真西に一三キロ」

　三十分後、彼らは何もない海面を上下している白い潜水艇を見つけて船上へ引き上げた。ハッチから激怒したブリジットが出てきた。

甲板でクレーンのそばに立っていたナサルを彼女はにらみつけた。「どういうこと、私たちを見捨てていくなんて?」

「NUMAの船が現場から離れていったんだ」彼は水平線上にいる調査船の明かりを指さした。「財宝を持ち去ったかどうか確かめる必要があった」

ナサルは歩み寄ってブリジットを抱きしめたが、彼女はハグを返さなかった。

「こんな軽率なことをするなんて」彼女は憤然として言った。

ナサルは笑い飛ばそうとした。「おかげでしばらく波にゆらゆら揺られていられただろう。さあ教えてくれ、何があった?」

「あれはスルクフよ」彼女の目が明るくなった。「無傷に近い状態だけど、船首に大きな損傷があった。のぞけるところはのぞいてきたけど、大きな木箱の形跡はなかった。お墓はあるかもしれないけど、私は疑わしいと思う」

「そこを聞いて確かめたかった」ナサルは彼女の腕をつかんで船の前方へ向かった。

「だったら、いったいほかのどこにあるっていうの?」

「来い、ここに答えが待っている」調理室に着いたところでナサルは言った。そして、開けたドアをブリジットのために支えた。

部屋に足を踏み入れたとき、ブリジットは中で座っている男性二人を見て卒倒しそうになった。

89

ピットとジョルディーノは食卓の前に置かれた重い木の椅子に座っていた。体の前に回した手を結束バンドで縛られたまま、椅子に腕を縛りつけられていた。二人は顔を向けた先にブリジットがいるのを見て、驚きの表情を浮かべた。

とつぜん羞恥心に駆られ、彼女は床を見つめた。ナサルのあとから食卓へ来ると、ピットたちからできるだけ離れた椅子に腰を下ろした。

ナサルは彼らの間を行き交う視線に知らぬ顔をした。「おまえたちの船と乗組員は解放した」ナサルがピットに言った。「さあ、ナポレオンとダイヤの在り処を言え」

「そっちの海洋考古学者は知らないのか?」ピットがブリジットをあごで示した。

「おまえたちと同じように、彼女も棺とダイヤを追ってスルクフまでたどり着いた」

ナサルは言った。「しかし、それがあるのは別の場所だと、おまえたちは信じている」

「マルティニーク島だ」とピットは言った。

「どういう経緯でそこへ行ったんだ？」

「スルクフはパナマ運河へ向かう途中、あの島へ立ち寄ったと思われる。その寄り道が沈没の要因だったのかもしれない」

「つまりナポレオンは、いわゆるフランスの土壌に埋葬されたわけだ」とナサルは言った。「筋は通るな。しかし、マルティニーク島のどこに？」

「リトル・ギニア。フランス語で言えばプティート・ギネか」

「はがきにそんな記述があった」と、ブリジットが小さな声で言った。

「それはラ・パジュリの土地、古いサトウキビ大農園の通り名だった。そしてジョゼフィーヌ・ボナパルトの先祖代々の家でもあった」

「ジョゼフィーヌ！」ブリジットが思わず口走った。「そうか、彼女はマルティニーク島の出身だった。戦争が終わるまでナポレオンを隠しておくにふさわしい場所だわ。でも、どうして誰も知らなかったの？」

「おそらく、マルセル・デミルは戦争が終わったらマルティニーク島へ戻るつもりでスルクフの乗組員とともにそのまま航海した」ピットが言った。「残念ながら、あの潜水艦が次の寄港先へたどり着くことはなく、彼らといっしょにその情報も消えてしまったんだ」

ナサルはラップトップを取り出して、この土地に残っている建物の画像を呼び出した。そこには〈パジュリ博物館〉という表示があった。彼とブリジットで新たな手がかりがないか、博物館のウェブサイトを精査した。

「この土地には博物館のほかに、サトウキビ工場など遺棄されたままの建物がいくつかある」ナサルが言った。「ここのどこにあるんだ？」

ピットは肩をすくめ、ブリジットはこの場所について調べを続けた。「小川の近くに奴隷用の共同墓地があるみたい」と彼女は言った。「そこがいちばん理屈にかなった場所かしら」

「だったら、そこを見にいこう」ナサルは立ち上がってピットとジョルディーノをねめつけた。

「それと紳士諸君」彼は付け加えた。「おまえたちの健康のためにも、そこにボナパルトの名がついた奴隷が埋葬されていることを願っている」

90

NUMAの調査船ハバナ号の船長は猛スピードで横を通り過ぎていったナサルの調査船の薄暗い照明を目で追った。

「やつらは北東へ向かっている」床に座ってレーダーアンテナの残骸をつなぎ合わせようとしている操舵手に、船長のラウデンが言った。

「マルティニーク島ですか？」と、若い操舵手は尋ねた。

「その可能性が強い」とラウデンは言い、ピットとジョルディーノの運命に思いを巡らした。

特殊部隊が船を出ていったとき、彼の最初の仕事は乗組員の健康状態を見定めることだった。さいわい、怪我(けが)人はいなかった。対照的に、船の状態は楽観できなかった。通信機器と航法装置の損傷に加え、動力源が大きく損なわれていた。

「主配電盤に弾が撃ちこまれている」と主任技師が報告した。「修繕は可能だが、一日仕事だ。修理が済むまでこの船に駆動力はなく、照明と内部用の補助電源しかない」

ラウデンが首を横に振った。「いい知らせがあるとしたら」彼は皮肉たっぷりの声で言った。「さしあたり、電子機器用の大きな動力源は必要ないことかな」

これだけで済んだのは不幸中の幸いだった。天気は良く、船が座礁する危険はない。届く範囲は限られているが、予備のハンディ無線機も複数あった。しかしラウデンには、救助要請を送信するつもりはなかった。特殊部隊の船がまだ近くにいるからだ。

「船長、ひとつ見つかった」ノリクが丈夫なプラスチック製ブリーフケースを手にブリッジへやってきた。

ラウデンはこの女性に感心せざるを得なかった。頭を銃弾で吹き飛ばされそうになったというのに、何分かで落ち着きを取り戻して状況の改善に寄与している。

彼女が机に置いたケースを開くと、そこには衛星電話があった。

「船のどこかにポータブル式があるのは知っていた」とラウデンが言った。彼は電源を入れ、低軌道衛星とつながるのを待った。接続の表示が現れると、自分の航海日誌を参考に番号をダイヤルした。

早起きのルディ・ガンが朝のラッシュアワーを避けて早い時間に出勤し、自分のオフィスに入りかけたところで、机の電話が鳴った。照明をつける間もなく受話器へ駆けこんだ。彼は机の横に立ったまま、ピットがスルクフを発見した話とハバナ号がフランス語を話す特殊部隊の襲撃を受けた話に暗澹たる気持ちで耳を傾けた。

「フランス語だったんだな？」とガンは尋ね、頭の中でニューヨークが受けた攻撃と結びつけた。

「はい」ラウデンは言った。「それと、部隊指揮官はピットとジョルディーノのことを知っているようでした」

ガンは机の前の椅子に腰を下ろして、自分のコンピュータの電源を入れた。「支援が可能な近隣の船舶を調べよう」

「その必要はありません」ラウデンが言った。「二十四時間後には活動が可能になるので、私たちはパナマへ修理に立ち寄れる。しかし、やつらはピットとジョルディーノを連れて、マルティニーク島へ向かった可能性が高い」

「なぜマルティニーク島へ？」

「ピットとサン・ジュリアン・パールマターが協議した結果、ナポレオンが埋葬されているのはそことなったからです」

「私に可能なかぎりの手を打とう」

電話を切ったとき、ガンのオフィスはまだ暗く、彼の心も暗澹としていた。彼はしばらく椅子に座ったまま考えを巡らした。現実問題として、私にはどんなことが可能だろう？

91

モーゼル号が東へ疾走していたとき、ピットとジョルディーノはまだ調理室に拘束されていた。見張りが一人、ドアの近くに座り、膝の上でライフルを抱えて監視任務に就いていた。

「待っているあいだ、一品料理（アラカルト）のメニューから何か注文させてもらっても罰は当たらないんじゃないか」厨房で料理人がフライパンをカチャカチャいわせているのを聞きながらジョルディーノが言った。

「じきに本日の魚料理（ポワソン・ド・ジュール）が出てくるさ」ピットは魚（ポワソン）のところを毒（ポイズン）と発音した。

ジョルディーノは何気ない風を装って結束バンドを椅子の縁にこすりつけ、摩滅する気配がないか試してみた。見込みはなさそうだ。「パールマターは本気で思っているのか、ネイプ（ナポレオン）はジョゼフィーヌの生家の敷地内にある奴隷の共同墓地に埋葬されたと？」

「そこの可能性がいちばん高い。ジュリアンは最初、ジョゼフィーヌの両親のそばに埋葬されたものと思っていたが、両親は町の小さな教会に埋葬されていた。そこへこっそり運び入れようとしたら、いやでも目についただろう。そして、リトル・ギニアはあの土地のことを指している。だから、敷地内の共同墓地に棺を埋めた可能性が高い」

「やつらがそれを見つけたら、おれたちは一巻の終わりだ」

「見つからなかった場合もだが」

ジョルディーノは見張りの男をちらっと見た。特殊部隊の男は立ち上がって油断なくピットとジョルディーノを注視していた。

「ドアのそばのお友達は、情にほだされるタイプには見えない」とジョルディーノが言った。

「仕事中に居眠りしてくれるとは思えないな、今のがそういう意味だとしたら。マルティニーク島でひと勝負できることを願うしかあるまい。われわれもいっしょに上陸させてくれるといいんだが」

調理室のドアがパッと開いて、ブリジットが一人で入ってきた。彼女は青い目に恥じ入ったような表情を浮かべ、男二人と向き合う形で腰を下ろした。

「昔みたいだな」とジョルディーノが言った。「おれたちが縛られている点を除けば」と彼は付け加え、結束バンドにあらがうように腕に力こぶを作った。

「ごめんなさい」彼女は真顔で言った。「こんな展開になるなんて思ってもみなかった。お二人を、それを言えばほかの誰もだけど、痛い目に遭わせるつもりなんてなかったのに」

「しかし、きみはボスウィック船長の殺害に手を貸した」とピットが言った。

「ちがう」ブリジットは強く首を振った。「自分がヴォジェル記者を呼びこんだわけじゃないけど、あの男が船へ来たとき、ダイヤを奪っていくのに手を貸せという求めには応じてしまった。あの男は仲間だったの、私の……」彼女はそこで言葉を途切れさせた。「そしたら、あのばかはなんの理由もなく船長を撃ってしまった」

「だが、きみはあいつの脱出に手を貸した」とピットは言った。

「あなたたちまで撃たれてはいけないと思ったからよ」

「ずいぶん長いこと、われわれを騙していたんだな」

ブリジットはつかのま顔をしかめ、騙していたことを無言で認めた。「あのダイヤ。ある人たちにとって、あれはあまりに貴重すぎるの」

「人を殺していいくらい貴重なものなんて、どこにもありはしない」とピットが言った。「きみの恋人はそれを繰り返してきた。フランスで、イスラエルで、そしてアメリカで」

それは事実とわかっていたが、今の言葉は彼女の胸に突き刺さって怒りをかき立てた。「あなたに何がわかるというの！」彼女は立ち上がってひとつ大きく息を吸い、テーブルの上に身を乗り出した。「念のために言っておくと、あなたたちを解放すると彼に約束させたのは私ですからね」彼女は小さな声でそう言って部屋を出ていった。

ジョルディーノは彼女がいなくなるのを待ってピットを見た。「あの男がその約束を守る可能性は、どれだけあると思う？」

ピットは乾いた笑みを浮かべた。「スルクフが海底から立ち上がって自力でフランスへ帰還する可能性と同じくらいかな」

92

一五〇二年にコロンブスが足を踏み入れたとき、南米原住の先住民カリブ族はそこをマディニナ、つまり花の島と呼んでいた。かのイタリア人探検家は、獰猛(どうもう)なアマゾンの戦士たちがその土地を支配していると耳にし、舟を漕ぎながらこわごわ上陸した。ところが彼の前に現れたのは平穏そのものの島で、彼はそこをマルティニカと名づけた。風景の中に黄金の形跡は見つからず、彼は島を発ってそのまま二度と戻ってこなかった。

一世紀後、フランス人入植者がこの島を訪れて所有権を主張し、サトウキビと奴隷制を導入した。この島は現在もフランス領で、熱帯性の密林と、プレー火山、小アンティル諸島最高のビーチで知られている。

モーゼル号は夕暮れどきにこの島の西海岸に接近して、フォール・ド・フランス湾に入った。この巨大な入り江は、錠剤形の島の輪郭から幅八キロほどがかじり取られたような見かけをしている。船が減速にかかったとき、湾の北岸には島都にして島最大の都市フォール・ド・フランスの街の灯がきらめいていた。

ナサルはブリッジを大股（おおまた）で横切り、もっと暗く人口の少ない南岸に目を向けた。船の右舷側に当たる南岸からポワント・デュ・ブーという細い半島が突き出ていた。その内陸側に、幅の広い入り江に沿って島の中でも古風な趣を誇るコミューンのひとつレ・トロワ・イレがあった。この小さな町からさらに内陸に一キロ半ほど行った丘の中腹のラ・パジュリに、ジョゼフィーヌの生家の名残は立っている。

前が傾斜したプレジャーボートが調査船のすぐそばを猛然と走り去るのを見て、ナサルはあきれ返った。ボートの人たちは酔いにまかせて缶ビールを持った手を振り、半島の先に埋めこまれた小さなマリーナへ疾走していった。

船長も不快を口にした。「ポワント・デュ・ブーには洒落（しゃれ）たリゾートがいくつかあるんだが、どこもほとんど明かりが点いていない。前方に障害物なし」

一分後、操舵手が彼に異を唱えた。「船長、フォール・ド・フランス沖の北東方向から迎撃路と思われるコースを進んでくる船舶をレーダーがとらえました」

「識別は？」とナサルが尋ねた。

「ソカン号」操舵手がＡＩＳを調べて言った。「税関の巡視艇です」

「エンジンを切れ」とナサルが命じた。「針路を変更するかどうか確かめるんだ」

操舵手はスロットルを切り、レーダースコープを見ながら少しして首を横に振った。

「針路を変更しました。こっちへ向かってくるようです」

ナサルは小声で悪態をついた。これは税関の無作為な抜き取り調査ではない。NUMAの船が当局者に警告したのだ。彼は港のデジタルマップを見た。ポワント・デュ・ブーがすぐ前方にある。針路を反転させて岬の海側へ回りこめば、税関の船のレーダーと視認の範囲から少なくとも何分かは外れることができる。

ナサルはレーダーに映らない場所に指を突きつけた。「ただちにここへ向かって、RIB（硬式ゴムボート）の発進準備をしろ」と彼は指示した。「隠し区画にすべての武器を詰めこむんだ。税関の連中が検査に乗りこんできたら、大西洋を横断する前に食料の調達に立ち寄る予定だと説明しろ。そのあと沖へ向かえ、ただし、きっかり二十四時間後にわれわれを迎えに戻ってこい」

「船外へ出るおつもりですか？」

「そうだ。ブリジットと乗組員二名を連れていく」

「アメリカ人は？」

ナサルはつかのま考えた。「同行させる。しかし、やつらが戻ってくることはない」

全長三一メートルの高速巡視艇ソカン号はマルティニーク島のフランス税関艦隊に最近加わったばかりで、島周辺の監視、密輸阻止、捜索救助の任務に使用されていた。広いブリッジに立った船長がレーダースコープでモーゼル号を追跡していた。「AISのデータが送られてこないため、まだ船名はわからない」

彼はブリッジの後方にいる私服姿の男性二名に英語で話しかけた。二人ともうなずいた。

「ポワント・ドュ・ブーの陰へすべりこむ気です」と船長が付け加えた。「しかし、われわれを振り切ることはできない」

数分後、ソカン号は半島に到達して先端を回りこんだ。八〇〇メートルほど前方、係留されたプレジャーボートが点在する小さな入り江近くにモーゼル号の灯りが見えた。観光客に人気のアンス・ミタン・ビーチと平行に、ゆっくりモーター走行している。

「AISのスイッチが入った」と船長が報告した。「やはりモーゼル号です」

彼は調査船に呼びかけ、乗船検査を行うので停止するよう命じた。モーゼル号はすぐ命令に応じて、少し漂ったあと動きを止め、そこで武装した税関職員がゾディアックを横付けした。ソカン号に備わっている強力なサーチライトが調査船にコバルト色の光を浴びせる。

税関職員は職務に忠実に、乗組員を船尾甲板に集めて隅から隅まで船を検査した。数分後、指揮官からソカン号の船長に無線が入り、船長はブリッジにいる民間人二人に顔を向けた。

「乗組員全員が甲板上にいます」船長は言った。「彼らの中にお仲間の男性二人はいますか?」

ルディ・ガンは双眼鏡を構えて集められた男たちを注意深く調べた。スポットライトの下、顔は簡単に判別できた。腕っ節の強そうな一団で、この中に地質学者や技術者がいるとは思えなかった。ガンは全員の顔を確かめたが、ピットとジョルディーノの顔はなかった。

「いや、あの二人はいない」と、彼は船長に告げた。

ガンのそばでシャルル・ルフベリー警部が同じことをして、アンリ・ナサルを探していた。ハイアラム・イェーガーが証拠を集めて〈ラヴェーラ・エクスプロレーション〉が所有する船舶との関連を暴き出したあと、特殊部隊指揮官のイスラエル、パリ、ニューヨークの襲撃事件への関与が明らかになった。ナサルとヴィラールがルブッフといっしょにいる監視カメラの映像から、ナサルと海運会社の結び付きも判明した。複数の捜査チームが今、ノルマンディーのどこかに潜伏している〈ラヴェーラ〉の最高執行責任者を捜していた。

フランス国家警察の警部は大急ぎで飛行機に飛び乗って大西洋を横断してきたおかげで、目が充血していた。目当ての男はおらず、彼は落胆して肩を落とした。「船長」ルフベリーが言った。「乗組員のパスポートを集められるか？」

その要請が伝えられるあいだもガンは双眼鏡に目を凝らしていた。彼の焦点はもはや乗組員ではなく、調査船そのものにそそがれていた。視線の先にあったのは、船縁から水中にロープを垂らしている船尾クレーンだ。

「今の要請を取り消してくれ、船長」とガンは言った。「速やかに乗組員を解放し、検査チームを撤収してほしい」

「どういうことです？」とルフベリーが訊いた。

「衛星写真だ」とガンは言った。彼はルフベリーの腕をつかみ、ブリッジ後方に置かれたラップトップへ導いた。モーゼル号がパナマの近くでハバナ号を襲撃したあと、ガンは衛星写真でモーゼル号を識別して追跡してきた。ラップトップにはマルティニーク島に接近中の同号を上空から撮った画像が表示されていた。

「後甲板を見ろ」彼は後部の端のほうを指さした。

ルフベリーが粒子の粗い写真を観察し、そのあと船全体を一瞥した。「ゴムボートがない」

「それに気がついたのは、水上にクレーンが伸びていたからだ。ボートは展開したばかりにちがいない」

ルフベリーが船長に呼びかけた。「彼の言うとおりにしてくれ。今すぐ入港する必要がある」彼はガンに顔を戻した。「あれにナサルが乗っていたなら、何がなんでも発見しなくては」

「そいつが行く場所はひとつしかない」とガンは言い、ピットとジョルディーノがまだ生きていますようにと祈った。

93

ゴムボートはアンス・ミタン・ビーチの端の岩礁(がんしょう)に着いた。砂がもっと軟らかい東の海辺には、モーテルとアパルトマンとレストランが点在している。どち緑に覆われ二軒の家に挟まれた閑静な場所に、ナサルはボートを乗り上げた。どちらの家にも明かりはともっていない。ピットとジョルディーノはコンクリートの擁壁の陰に引っ立てられ、そこに座っているよう命じられた。特殊部隊の二人が彼らの監視に就いた。ブリジットはナサルの直後について二軒の家を通り過ぎ、家の正面側に面した道路へ出た。

「ここでおれを待て」ナサルはコートのポケットに拳銃を押しこんだ。「車を物色してくる。ここから例の敷地までどう行くか、考えておいてくれ」

彼女がうなずいてヤシの木陰に隠れ、携帯電話で調べ物をするあいだに、ナサルは道路を進んでいった。選択肢は二つ。通りかかった車を乗っ取るか、ポワント・デユ・ブーの観光地まで行って不用心な駐車場監視員の隙をついて車を盗み出すか。
人気(ひとけ)のない酒類小売店の前を大股で通り過ぎたあと、より安全な選択肢が現れた。二台用ガレージの上に〈ミシェル自動車修理店(レパラシオン・オートモビル)〉という木の看板がぶら下がっていて、修理段階もさまざまな中古車が周囲を取り囲んでいた。

ナサルは裏手へ回りこみ、ガレージの扉の窓から中をのぞいた。白いセダンが一台、車輪を取り外されてボンネットを開けた状態で一段高くなった台に置かれていた。

隣の扉へそっと移動した。こっちには緑色のピックアップトラックがいた。グリルがつぶれ、フロントフェンダーに大きなへこみがついている。車輪ははまっていて、ボンネットは閉じていた。これから修理を始めるところらしい。

ナサルは建物の横扉を見つけてペンライトで閉じ目を調べたが、警報システムの形跡は見当たらない。消音器付きの拳銃で錠に一発撃ちこみ、ドアを蹴り開けた。

警報音は鳴らなかった。中へ入ると、そこは狭い事務所だった。キーがないか、机の引き出しを調べたが、見つからない。ガレージへ戻り、トラックの横の窓に頭を突き入れた。コンソールのカップホルダーにキーがあった。ナサルは自分に言い聞かせた。ここは島だぞ。盗んだ車を隠せる場所はない。

ガレージの扉を開けてトラックのエンジンをかけ、自分の車であるかのように外へ出した。道路の先に立つヤシの木のそばで停止し、ブリジットに手を振った。

彼女は家の側面を、待機している隊員たちのところへ引き返し、ついてくるよう合図を送った。それからアイドリング状態のトラックへ急ぎ、運転台に乗りこんだ。

ピットとジョルディーノはトラックの後部へ引っ立てられ、荷台に乗るよう命じられた。ピットはバンパーに足をかけてゲートを乗り越え、入ってすぐの座席に座った。ジョルディーノがあとに続いて、荷台の隅、ピットと反対側に座った。

隊員二人がタイヤを足がかりにそれぞれの側へ乗りこみ、運転台を背に座った。いつでも撃てるようライフルを抱え、たえず目を動かしている。

ナサルがアクセルを踏むと、トラックは前へつんのめるように発進した。「どう行ったらいい？」と、彼はブリジットに尋ねた。

彼女は携帯電話を掲げて衛星写真を表示した。「今いるのはここ、アンス・ミタンの西端よ。この道で町を横断したら、左折して、レ・トロワ・イレに続く38号線に乗る。そこから内陸方向の小さな道路がラ・パジュリへ続いている。距離は五キロくらいね」

ナサルがその道を走って、眠気をもよおしそうなビーチタウンを通り抜けると、夜の時間帯でもあり、町はいっそう静かになった。環状交差点（ラウンドアバウト）にたどり着き、レ・トロワ・イレ方面の出口へ進む。町を出ると道路は真っ暗になり、島の未発展区域をくねくね縫うように走っていった。事故で損傷を負った右のヘッドライトが点かず、視界の悪さが厄介だ。

荷台に乗っている者たちには、このトラックが修理に出されたもうひとつの理由が身にしみていた。後ろの緩衝機構が壊れていて、くぼみや穴に車輪がぶつかるたびに車体が大きく跳ね上がった。

ある轍(わだち)にはまったときは、ジョルディーノがピットの足もとへ横倒しになった。

「いかれたカンガルーの袋に入っているみたいな心地だぜ」と彼はつぶやいた。

銃を持った隊員二人もあちこち跳ね飛ばされていることにピットは気がついた。

「ここから飛び出る必要があるかもしれない」と、彼は小声で言った。

「ご遠慮なく」とジョルディーノは言い、隅の座席に座り直した。

トラックは長い上り坂を進んだあと下りに変わったところで空き地へ入った。道路の両わきに低い草地が続いていることにピットは気がついた。ゴルフコースを横切っているのだ。パールマターがくれたデータにそこがあったことを思い出した。かつてラ・パジュリだった土地の一画にこのコースは設けられていた。

トラックは走りつづけ、左右の家に続く小さな私有車道をいくつか通り過ぎた。ブリジットは暗い道路わきにラ・パジュリの敷地を示す看板がないか探していったが、トラックの揺れの大きさと片目のライトが障害になった。反対方向から来た車のぎらぎらする光に気を取られ、彼女は分岐点を見落とした。

ナサルがそのまま直進すると、道路は徐々に海岸方向へ向かい、比較的発展した風景が見えてきた。木々の切れ目から、遠く離れたフォール・ド・フランスの街の灯が見えた。その光が湾の黒い水面にきらめいている。それ以上にとまどったのは、前と右に光が集まってきたことだ。

ブリジットは携帯電話を見て地図を拡大した。「あの近づいてくる光はレ・トロワ・イレの町だわ。行き過ぎてしまった。ゴルフコースを過ぎた直後に曲がるべきだったのよ。ごめんなさい、道が見えなくて」

細い道にはUターンできる余地がなく、ナサルは次の分岐点が来るまでそのまま進んでいった。小さな工業団地へ続く通りへ出た。道路に面して波形のブリキ屋根がついた建物と倉庫が立ち並び、海辺の大きな複合施設へ続いていた。トラックは上下に揺れながら排水路を通り越し、ナサルは方向転換のため砂利敷きの駐車場に入った。

トラックは円を描いて駐車場を出ていき、また排水路が近づいてきたのをピットの目がとらえた。彼はジョルディーノに顔を向けてささやいた。「次のこぶにぶつかったら、有袋類になった気でいこう。ベイフロントで合流だ」

ジョルディーノは銃を持った男たちから目を離さず、わずかにうなずいた。トラックが加速していき、前回より速いスピードで排水路に当たった。トラックの後部にいた四人全員が座席から投げ出され、ピットとジョルディーノは両手で座席を押して前回より高く跳び上がった。そのまま後部開閉板（テールゲート）を飛び越え、足から地面に着地した。

ナサルは彼らの脱出に気づかず走りつづけ、そこで荷台の隊員たちが止まれと叫んだ。ナサルがブレーキを踏みこんだとき、隊員の一人が立ち上がって、逃げていく二人に発砲した。しかし、トラックがキキッと音をたてて急停止したため、男は運転台のほうへ投げ戻され、撃った弾は高くそれた。

ナサルが運転席から飛び出したとき、もう一人の隊員が片膝をついて、逃げていく二人の片方に連射をかけた。いちばん近い建物の角をピットが回りこみ、そのあとを弾が追いかけた。通りを横断したジョルディーノは全力疾走して大きな鋼鉄製の小屋に安全を求めた。ナサルは自分の拳銃に手を伸ばしたが、間に合わないと判断した。

ピットとジョルディーノは瞬く間に夜の闇の中へ消えていた。

94

「追跡して確保しろ！」とナサルが叫んだ。

いちばん近くにいた隊員がトラックから飛び出し、さきほど撃ちそこねたピットを追った。運転台に激突したもう一人はトラックの荷台で慎重に体勢を立て直した。肩をつかんで顔をしかめ、片方の腕をだらりと垂らしたまま荷台から下りた。鎖骨が折れていた。

「座っていろ」と、ナサルがトラックの助手席を指さした。彼は運転手側の窓から頭を突き入れ、ブリジットを見た。「目的地に続く道路はどれだ？」

彼女はハンドルの前に移動し、携帯電話の写真をナサルに見せた。「この道よ。ゴルフコースのそばの」

「運転していって、場所を突き止めろ。あとで合流する」

「どうしてあの二人を放っておかないの？　解放するって言ったでしょう」

ナサルはこの要望を検討したが、今は不可能と判断した。「すぐ追いつく」と彼は言い、ジョルディーノがいる方向へ全力疾走した。

彼が暗闇へ消えるまでブリジットはルームミラーで見守った。胃が痛くなったが、深呼吸してトラックのギアを入れ、ゆっくり発進した。


ピットは五〇メートル離れたところにいた。一歩進むたび、膝をアイスピックで突かれている心地がした。荷台から飛び出したとき着地しそこねて、関節をくじいたのだ。痙攣（けいれん）はすぐ治まったが、脚に体重がかかるたび火の玉のような痛みに襲われた。

その痛みを極力振り払って、最初の建物の正面あたりを進みつづけた。砂利を踏みしめるブーツの音が近づいてきたため、先へと急いだ。

彼の周囲には複合施設があり、未舗装道路に面して工業用の建物が連なっていた。建物の側面へ回りこみ、その先の森へ脱出できることを願いながら足を引きずっていく。裏手に高い金網塀が見えた。工業団地の外側をぐるりと取り囲んでいる。この痛めた膝では、脱出を果たせるくらい速くよじ登れるとは思えない。

すぐ隣に倉庫があり、ピットはその後ろ端を目指した。そこへたどり着きかけたとき、ナサルの隊員が最初の建物を回りこんできた。道路沿いに大きな間隔で立っている街灯が二人のどちらからも相手が見えるだけの光を投げていた。

ピットは全力で建物へ駆けた。あと何歩かというところで、隊員がアサルトライフルを発砲した。ピットの周囲の地面がはじける。彼は体を前へ投げ出して、壊れたパレットの陰へ転がりこみ、そのあと急いで建物を盾にした。

膝にいい動きではなかったが、立ち上がって駆けつづけ、建物の後ろ端を横断した。間隙を縫うように大きなごみ容器と空っぽの樽をいくつか通り過ぎ、次の通路へ向かった。開けた空間の向こうにもうひとつ建物があった。黄色いペンキが塗られた煉瓦造りの長い建物の側面に、筆記体で〝プヌー・ユザージュ〟と記されていた。

ピットが利用できる不動産は尽きかけていた。黄色い建物の向こうには海辺の大きな複合施設があるだけだ。彼の目が道路の反対側に動きをとらえた。鋼鉄製の倉庫の裏を何かの影が駆け抜けた。ジョルディーノだ。

ピットの相棒も彼と似た戦略を取って、反対側の建物の裏手へ回りこみ、入り江のほうへ疾走していた。二人ともどこかで、何らかの形で踏みとどまって戦う必要があるだろう。

ピットは膝に刺すような痛みを感じ、目の前の黄色い建物を見て、ここが自分のアラモ砦(とりで)、と心を決めた。

角へ駆けこみ、煉瓦の端を鋸(のこぎり)のように使って結束バンドを断ち切った。壁の表示をちらりと見上げる。〝プヌー・ユザージュ〟。フランス語に堪能とは言えないピットだったが、フランス製のアンティークスポーツカーを一台所有しているおかげで言葉の意味はわかった。古タイヤ。建物の横にガーデンテラスのように並んでいる使用済みタイヤがその証拠だ。

ピットは足を引きずりながらこの障壁へ向かった。勝負のときが来た。

95

特殊部隊の男は足を止めて耳を澄ました。息を殺してみたが、近くに人の動きを示す音は聞こえない。二つ目の建物の裏手でパレットとごみ容器のまわりを探して貴重な時間を無駄にしたが、ピットが近くに隠れていないか確かめておきたかった。

あの男は足を引きずっていた。遠くまで行けたはずはない。自由への道は臨海部に遮られている。西部開拓時代、カウボーイにボックスキャニオンへ追いこまれた野生馬のように。やつに逃げ場はない。しかし、確認が必要な路地がもう一本あった。黄色い煉瓦造りの建物のそばだ。

男は細心の注意を払って黄色い建物に近づき、三メートルほど積み上がっているすり減ったタイヤの山を見つめた。手前側の端を調べ、そのあと壁に沿ってゆっくり進んでいった。一歩進むたびに立ち止まり、タイヤの山の隙間へ銃身を突き入れる。

建物の中間点あたり、街灯の光が届かない暗いところへ差しかかったところで、男は進むペースを上げた。頭上からだしぬけに、ゴムのこすれる音がした。見上げると、自分の上にゴムが雪崩を打ってくるのが見えた。高い山からトラックの巨大なタイヤが三つ崩れ、暗闇を転げ落ちてきた。そのあとに手足を広げたピットの体が続いた。壁の暗いところに積まれている、上のほうのタイヤに体を押しこめていたのだ。

男は横へ飛びのいたが、ひとつ目のタイヤに脚を打たれてばったり前へ倒れた。前へ這い進もうとしたところで次のタイヤに肩の後ろを打たれた。直後にピットが落下してきて男の下肢を踏みつけ、腎臓に拳を叩きこんだ。下半身の動きを封じられた男は武器といっしょに上半身を振って引き金を絞った。

顔の近くで銃口が火を噴いたあと、ピットが左の肘を背中に打ち下ろすと、男の体と武器が地面にぶつかった。男の指がトリガーガードの中にはまり、マガジンが空になるまでタイヤの山へ弾を撃ちつづけた。

ピットが体をひねって右のフックを放つと、拳は首の横をとらえた。頸動脈に食いこんだこの一撃で男は気を失った。

「ジャン・リュック、仕留めたか?」道路の反対側から大きな声が呼びかけた。

拳銃を握った男のシルエットがちらりと見えた。ナサルだ。しかし、あそこからピットのいる暗い通路ははっきり見えないだろう。

「はい（ウィ）」と、ピットはしわがれ声で言った。

ナサルはひとつうなずき、離れた建物の周囲を回りながらジョルディーノの追跡を再開した。ピットは気を失った男の体を転がしてライフルを奪い取ったあと、予備のマガジンや別の武器がないかポケットを調べた。どちらもなかった。

弾を撃ち尽くしたライフルをタイヤの山のてっぺんへ放り投げ、ジョルディーノを救出する方法が見つかりますようにと祈りながら、足を引きずり建物の端へ向かった。

96

ナサルは黄色い建物から向き直ると、通りの自分側に立つスチール製の物置小屋に向かって疾走した。ジャン・リュックが任務を遂行してピットを仕留めた。もう一人のアメリカ人を片づけたら仕事は終わりだ。

先にスタートしたジョルディーノとは少し距離があった。それでも、脚力に優れたナサルはジョルディーノを追って建物の裏手へ回りこむうちに距離を縮めていた。敷地のこちら側も高いフェンスに囲まれていた。工業団地は簡単に逃げ出せる場所ではない。

ナサルは未舗装道路に面した最後の構造物にたどり着いた。白い化粧漆喰（しっくい）の建物だ。急ぎ足で裏手を進むと、近くでギッと錆（さ）びた蝶番の音がした。角を曲がり、海辺の大きな敷地と向き合った。ここも金網塀に囲われている。フットボール場くらい長い開放的な巨大倉庫のわきに、小さなオフィスビルがあった。建物の左にある吹きさらしの資材置き場にパレットがぎっしり置かれ、ビニール包装の塊が積まれている。その先の入り江へ木造の波止場が一本延びていた。そこから海上輸送に向けてパレットを積みこむことができる。

ゲートに〝ブリック・ド・マルティニーク〟という看板が見え、ここで赤い粘土煉瓦が製造されてパレットに積まれていることが確認された。歩行者用ゲートが閉まるガチャンという音がして、暗い人影がひとつ、倉庫のほうへ向かっていくのをナサルの目が一瞬とらえた。彼は拳銃を持ち上げ、二発撃った。そのあとゲートを勢いよく駆け抜け、構内にジョルディーノの骸が倒れていることを願いつつ、倉庫の入口に近づいた。

しかし、波形屋根の下には静まり返った暗い迷路があるだけだ。巨大なコンベアと混合機の間にパレットやフォークリフト、乾燥中の煉瓦の山がちりばめられ、それらが薄暗い建物の全長に渡っていた。この混雑した空間のどこかにジョルディーノが隠れている。

ジョルディーノが野生の獲物であるかのように、ナサルは彼に忍び寄ることに喜悦を感じていた。二〇一三年、マリ共和国の北部で行われたイスラム反政府勢力狩りで、外国人部隊の連隊を率いてガオ市街の通りを一本ずつ調べていったときの記憶が甦ってきた。あのときとちがうのは、誰も撃ち返してこないことだ。

ナサルは待ち伏せの危険を避けながら、幅の広い中央通路を順序立てて移動していった。頭上の照明は大きな間隔を空けて並んでいる。そのひとつの下で立ち止まり、そばのコンクリート上に何かがあることに気づいた。膝を折り、黒い点を指で撫でた。濡れた血だ。

一メートルくらい前に同じ点が見えた。これもこぼれたばかりのものだ。ナサルはほくそ笑んで立ち上がり、床についた小さなしずくの跡を追った。この赤い道筋の先に獲物はいる。

97

ナサルが発した二度の銃声をピットの耳はとらえた。黄色い建物の角をそっと回りこんだところで、入口ゲート上の照明のぼんやりした光を受けて、ナサルが構内に足を踏み入れるところが見えた。

二、三秒待ち、銃を持った男を遠くに見ながら前方へ移動した。特殊部隊の指揮官が倉庫に足を踏み入れたところで、ピットは正面ゲートをそっと通り抜け、完成品の煉瓦が積まれているパレットを盾にした。その位置から、小型汎用トラックが一台、波止場のほうを向いて駐車されていることに気がついた。

パレットの煉瓦の先をのぞくと、ナサルがつかのま膝をついていた。煉瓦製造所の真ん中近くだ。

倉庫を反対側の奥まで見渡すと、原材料粘土のピラミッドが夜空に向かってそびえているのが見えた。その粘土を長いコンベアが倉庫内に運び入れている。まず粉砕機へ、次に巨大な混合用の大きな樽へ。乾いた粘土に水を加えて混ぜ合わされたものが成形用の押し出し機に通され、最終的に煉瓦の形になって、ひとつずつ吐き出されていく。

成形されたばかりの煉瓦は建物の中ほどで縦横に高く積まれていき、一日か二日、空気乾燥を受けることになる。ナサルが床を調べていたのはこの乾燥中の煉瓦の山の近くだった。ピット側に近い側壁に接して、人が立ったまま入れる巨大な焼き窯があり、摂氏五四〇度という高温で煉瓦が焼成されていく。

巨大なかまども印象的だったが、その隣にあるものがピットの目を引いた。屋根の垂木まで届くほどの大きな白い直立型タンクだ。かまどの近くに位置しているところからみて、窯のバーナーに燃料を提供する圧縮ガスの貯蔵タンクにちがいない。

ピットはこのタンクを頭に入れてから近くに駐車されている小型汎用トラックへ移動した。車内と貨物台を調べていくと、小さな道具箱が見つかった。箱をつかんでそのまま、パレットからパレットへと静かに移動しながら倉庫へ向かった。

ピットが倉庫の入口にたどり着いたとき、ナサルは彼に背を向けていた。ピットはそっと中へ入り、突き出ている窯の壁の陰に隠れた。壁の前の大きなタンクに近づくと、菱形の赤い警告ラベルに「１０７５」という数字が記されていた。プロパンガスのことだ。

ピットは下のバルブから窯へつながっている太いゴムホースに手を走らせた。さっき見つけてきた道具箱を見ると、湿気が高いせいで茶色い錆に覆われてはいるものの、レンチやネジ回しが一式そろっていた。バルブのホース継手を回せるような大きいレンチはないが、ゴムの槌（マレット）が見つかったとき、ピットの運は上向いた。

先端がとがったフィリップスの小さなネジ回しを取り出し、先をホースに当てた。マレットをつかんで強く叩きつけた。ゴムで弱められて音はほとんど響かない。さらにいくつか急いで穴を開けた。

圧縮ガスが噴き出てくるものと思っていたが、何も感じられなかった。ホースをタンクまでたどり、メインバルブが閉じていることに気がついた。レバーを開けるとたちまちシューッと音がして、ガスが噴き出てきた。八〇センチくらい離れていても、圧縮ガスの冷たさと悪臭が感じられた。

窯の角へゆっくり近づくと、そこからナサルが見えた。通路の反対側に積まれた乾燥中の煉瓦の大きな区画へ進んでいく。ピットは倉庫の出入口へ移動し、内側に照明の配電盤があることに気がついた。そこへ駆け寄り、スイッチを切って内部を暗闇に突き落とした。

この行動がジョルディーノの命を救うことになるとは、ピットには知る由もなかった。

98

ジョルディーノはピックアップトラックから飛び降りたあと、ピットのほうが先に臨海部へ着くものと思っていた。ところが、黄色い建物のそばから銃声が上がり、そうではないことを知った。

銃声のしたほうへ走って加勢しろと本能は命じたが、武器を持たない身では無謀に過ぎる。より良い選択肢は動きつづけることだった。単なるシャベルとか数個の煉瓦であっても、煉瓦工場には何かしら戦いに使えるものがあるにちがいない。

工場に通じる歩行者用ゲートにたどり着いたが、そこは南京錠で固定されたドロップダウン式の金属フォークで施錠されていた。

頭上の照明で、装置がひどく錆びていることがわかった。フォークの外側の歯の下に手を入れて引いてみた。金属はほんの少し曲がった。さらに圧力をかけると、両手を後ろへ回せるくらい歯が動いた。

片脚を柱に押しつけ、体を傾けて体重をかけると、歯が平たくなった。きしむゲートを内側へ押しこみ、頭を引っ込めて中へ入りこんだ。肩越しにちらっと後ろを見ると、ナサルがフェンスの外側から彼に拳銃の狙いをつけていた。

ジョルディーノが地面に伏せたところへ銃弾が二発、そばをビュッと通過した。製造場内と建物の外のどちらに防御上の利点が大きいかを考え、彼は屋内を選んだ。頭を低くして全力で入口を駆け抜け、ナサルが敷地内へ入る前に姿を隠した。

大きな窯は盾にならないので、中央通路を走って、正方形に二・五メートルくらい積まれた乾燥中の煉瓦の迷路へ向かった。最初の塊の陰に身をひそめた直後、ナサルが建物に近づいてきて中をのぞいた。

ジョルディーノはパレットの隙間からナサルの接近をうかがいながら、積み上げられた煉瓦のさらに奥へ進んだ。熱帯の気候を思いがけない時間走ってきたため、首筋を汗が伝っていた。シャツの袖も湿っている。そこは血に濡れていた。肘近くに生じた浅い裂傷が、さきほどの銃弾がかすめた場所を示していた。

動きつづけて、進む角度を変えながら奥へと向かい、換気装置を支える壁にたどり着いた。上るには高すぎる。ひとつ行き場を失った。倉庫のさらに奥へ移動するには中央通路に足を踏み入れなければならない。姿をさらす危険がある。

乾燥中の煉瓦の山から煉瓦を二つ抜き取って通路の角へそっと向かい、追ってくる男を探した。ナサルの姿はどこにも見えない。

ジョルディーノはぴたりと動きを止め、垂木の間を風が吹き抜ける中で懸命に耳を澄ました。近くのコンクリートに革が当たるかすかな音がした。彼が振り向くのと、彼の血の跡をたどってきたナサルが彼の後ろの煉瓦の山を回りこむのがほぼ同時だった。ナサルは発砲しようと銃を持ち上げた。

そのときふっと照明が消えた。

99

ナサルはジョルディーノが立っていた場所に狙いをつけて引き金を二度引いた。発砲が一瞬遅れたことを銃口の閃光が示していた。

ジョルディーノはナサルが見えると同時にさっと角を回りこみ、そこで建物が真っ暗になった。一瞬ためらったあと、持っていた煉瓦二つを、積み上がった煉瓦の山の上へ放り投げてから、中央通路を駆けだした。

砲兵の迫撃砲もこれほど正確な軌道は描けなかっただろう。煉瓦は山を飛び越え、ナサルの上に続けて落ちてきたからだ。一投目は銃を構えた右腕に当たり、ナサルは拳銃を落としそうになった。二投目は左肩に落下して鎖骨を傷つけた。

ナサルは両膝をついて痛みに顔をしかめたあと、それを振り払った。立ち上がって煉瓦の壁を手探りしながら端まで歩を進めた。通路に足を踏み入れ、湾岸側の開口部へ目を向けた。中は真っ暗だが、外の環境光が入口近辺をかすかに照らしていた——

出口を目指して駆けていく暗い影が見えるには充分なくらい。

コンクリートの床を全速力で駆けていくジョルディーノは、建物の端の出入口が何キロも離れているような気がした。背中に銃弾がめりこむことを予期しながら、小さなジグザグを描いていった。銃弾はめりこまず、前方にプスプスッという音が聞こえた。小さなモーターが始動した音だ。次の瞬間、急激に回転数が上がった。外に暗い物体の輪郭が浮かび、それが煉瓦置き場から倉庫の出入口へ向かってきた。

ジョルディーノは窯があるほうへ駆けながら、見えた形状と聞こえた音を考え合わせた。煉瓦置き場に駐まっていた小さな汎用トラックにちがいない。間髪をおかずヘッドライトがパッと点灯して、走っていた彼の目をくらませた。

さらに離れた後ろで、この光が拳銃を構えているナサルを照らし出した。トラックは倉庫の中へ飛びこむや、片側へぐいっと進路を変え、そこで運転手は逆方向へ大きくハンドルを切った。トラックは完璧な弧を描き、なめらかなコンクリートの床に後輪のタイヤがキキッと音をたてて、入ってきたときと逆に車の鼻面が出入口を向いた。

運転手を見るまでもなく、ハンドルを握っているのはピットだとジョルディーノにはわかった。トラックのテールゲートへ疾走する彼の前に、ピットはぴたりとターンを決めた。ジョルディーノが大股で一歩進んで開いた荷台へ突入したところで銃声がとどろいた。

金属製の荷台の枠に弾が当たってカーンと音がし、次の二発は高いところでうなりを上げた。ナサルは煉瓦をぶつけられた右腕の感覚が麻痺(まひ)していて、射撃の精度が落ちていた。下ろした腕を振って神経を甦らせるよう努め、駆けだしてトラックを追った。

ピットのトラックが倉庫から外へ飛び出したとき、短い荷台に横たわっていたジョルディーノはほとんど状況がつかめていなかった。小型トラックは外に積まれている煉瓦のパレットを縫うようにいくつか回りこんだあと停止した。ジョルディーノは荷台からすべり下り、トラックに寄りかかってひと息ついた。「ウーバー・ブラックを呼ぼうかと考えていたところだ」

「今日、あそこのリムジンはお休みだ」ピットはジョルディーノのシャツの袖が血に濡れていることに気がついた。「大丈夫か?」

「ただのかすり傷だ(ティズ・バット・ア・スクラッチ)（モンティ・パイソンの映画の台詞から）」と、彼はイギリス風の発音で言った。「しかし、メーターを回しつづけるのはよろしくない」

彼は助手席にドスンと座ったが、ピットは倉庫を振り返った。別の計画を考えていたからだ。

「すぐ戻る」と彼は言った。

ピットはジョルディーノをトラックに置いて、煉瓦のパレットを盾にしながら全速力で倉庫へ駆け戻った。いちど足を止めて、入口近くに積み上がっている煉瓦の山の陰で膝をつき、倉庫の中をのぞいた。照明が消えた内部は真っ暗な洞窟と化していて、ナサルの姿は見えない。しかしコンクリートの床に靴が当たる音で、ピットは特殊部隊の指揮官がゆっくり近づいてきたのを感知した。

入口から目を離さずにカーゴパンツの横ポケットを探り、海を泳いだあと奪い取ったゴムボートで手に入れてきた閃光筒（フレア）を抜き出した。倉庫の開口部に人の輪郭が現れたところで、彼がパッと立ち上がってフレアから点火装置のキャップを引き抜くと、先端が燃え上がった。

入口まであと数歩のところでナサルの目が燃え盛る光をとらえ、その光がピットを赤々と照らし出した。ピットが生きているのを見てナサルはまたしても仰天したが、今、この男は簡単な的（まと）という名の贈り物だ。標的の中心円を胸に大きく描いたも同然だった。

ナサルは拳銃を持ち上げたが、ピットのほうが速かった。ピットは一歩足を踏み出し、ナサルめがけてフレアを投げつけた。

飛んできたフレアは無害な輝きを放つだけで、簡単に相手を撃てる状況は変わらない。ナサルはつかのま息を整えてピットに拳銃の狙いをつけた。次の瞬間、彼は自分のわきへ押し寄せてくる異様な冷気に気がつき、さらにプロパンガスの異臭が鼻をついた。引き金に指の力がこもったときジューッと大きな音がし、次の瞬間、彼の世界は爆発して黄色い炎の海と化した。

建物の外に立っていても、ピットには水素爆弾が爆発したように感じられた。ドカンと耳を聾(ろう)する音が炸裂し、煙と炎のきのこ雲が夜空へ打ち上がった。ガスタンクと窯の半分と建物の屋根の大半が空中へ吹き飛び、少ししてその破片が雨のように降りそそいできた。

熱気と破片の混じった爆風が周囲に押し寄せるあいだ、ピットは煉瓦のパレットの低いところに体を押しつけていた。瓦礫の雨がやんだところでトラックへ引き返すと、ジョルディーノが外へ出てきて大きく顔をほころばせた。

「中のお友達を仕留めに行ったのか?」とジョルディーノは言った。

ピットはうなずいた。「あいつの命を燃やしてきたかった」

「それどころじゃすまなかったようだぞ」ジョルディーノはトラックの近くに転がっている黒い塊を指さした。

くすぶっている物体にピットは目を凝らした。革靴の片方で、そこにはまだ持ち主の足がくっついていた。

100

ピットとジョルディーノがトラックに乗りこんだとき、遠くからサイレンのうなりが聞こえてきた。資材置き場を囲んでいたフェンスの一部が爆発で倒れていたため、構内から抜け出そうとピットはそこを踏み越えた。フェンス材の一部がトラックの下部に跳ね返ってマフラーに当たり、排気管からそれをもぎ取った。すさまじい排気音が上がったが、ピットはあえて減速しなかった。未舗装道路を進み、黄色い煉瓦造りの建物とタイヤの壁の前を通りかかったとき、彼はちらっと横を見た。彼が倒した男はまだ気を失ったまま地面に倒れていた。

ジョルディーノがピットの視線をとらえ、武装した男に気がついた。「あいつ、何があったんだ?」

「きっとお疲れなんだろう」

舗装道路にたどり着いたところでピットは右折し、来たときの道をたどっていった。

「ジョゼフィーヌの生家跡は探し当てられるのか？」ジョルディーノがトラックの騒々しい排気音に負けないよう、大声で訊いた。

ピットにはパールマターが送ってくれた衛星写真の記憶以外に、そこへたどり着くための情報がなかった。「ゴルフコースから内陸方向へ向かい、コースの北の境界を走る道路を外れたあたり。だいたいそんなところだ」

日中なら数分でたどり着けたかもしれない。しかし、レ・トロワ・イレを見晴らす丘陵は暗く、洞窟で目隠しをして一セント銅貨を探すようなものだった。ピットは内陸方向の道へ何度か曲がったが、どれも道路ではなく、木々に隠れた家まで続く曲がりくねった車寄せの私道だった。彼は当て推量を断念してゴルフコースへ向かい、回転灯をひらめかせたパトカーが猛スピードでやってくると減速した。道を曲がってゴルフコースに入り、打ちっ放し練習場の芝生を横切っていった。

ピンフラッグをいくつか通り過ぎてフェアウェイへ向かうと、東向きの上り坂が出てきた。ゴルフカートより少し大きい程度の軽量小型トラックは上下に揺れながら芝生を横切り、グリーンを回りこんで、次のフェアウェイへ乗った。いきなりバンカーが出てきて、そこを避けるために大きな方向転換を余儀なくされ、柔らかな芝生に後輪を取られた。

「ディボットを直していかないのはマナー違反だぞ」とジョルディーノが言った。

「一キロくらい前に、もう会員特典は取り消しになっていると思う」

右へドッグレッグしたフェアウェイが出てきたとき、コースの先に道路が見え、ピットは左へハンドルを切ってラフを抜けた。小さな灌漑（かんがい）用水路を通り越さなければならず、アクセルを床まで踏みこむと、トラックは深さ三〇センチほどの水をはね飛ばしたあと道路に乗った。小さな木の家が点在する暗く狭い谷を、曲がりくねりながら進んでいく。

しばらくして一対の石柱が近づいてきた。柱に挟まれたゲートが開け放たれている。ピットは入口へ向かった。柱には植物の蔓（つる）がはびこり、錆びた鋼鉄製のゲートは木の根がつっかえて開きっ放しになっていた。

この私道を進んだ先に石造りの大きな家が出てきて、トラックの排気音が壁に反響した。暗闇の中でも、その家は放置されたまま今にも倒壊しそうな感じに見えた。そばに陸軍の兵舎に似た長い建物が二つあったが、こちらも風雨にさらされてペンキがはげ落ち、屋根のタール紙がすり切れていた。構造物の中にラ・パジュリの写真に似たものはない。ここではないのだ。

Uターンしようと家の前を通りかかったとき、庭の犬が吠えはじめ、ポーチの明かりが点いた。クレオール人らしき背の高い女性が玄関のドアを開けて、外へ足を踏み出したため、ピットはトラックを止めた。女性は彩り豊かな長いスカートを穿いていて、明るい青色のブラウスの胸に〝ドリス〟と名前が刺繍されていた。

彼女はアイドリング状態で騒々しい音をたてているトラックをにらみつけたあと、犬を静かにさせ、そこでピットとジョルディーノを叱責した。「大きな爆発音とサイレンの音がしたあとで、子どもたちがようやく寝直したところなのに、また起きてしまうじゃないの」

ピットは威勢のいい女性を見て頬をゆるめたが、玄関に小さな子どもが六、七人群がってきたときには悪いことをしたと思った。

その子たちよりさらに小さな子が一人、ほかの子たちをかき分けるように前へ出て、すり切れたサッカーボールをつかんだ。

「ラ・パジュリは？」とピットが訊いた。

「道路をあと八〇〇メートル進んだ先よ」彼女は腕を振って方向を示した。「でも、こんな夜遅くに開いているわけないでしょう、ばかね」彼女はジョルディーノの血まみれの腕に気がついて、さっと一歩あとずさった。

「ありがとう」とピットが礼を言った。

ピットのトラックはゆっくり前庭から出ていき、ジョルディーノが子どもたちに手を振った。バケツ二個と葉の生い茂った何本かのヤシの木を迂回しなければならなかったが、これはサッカーのゴールネット代わりなのだと彼は気がついた。

ゲートにたどり着いたとき、ジョルディーノが草ぼうぼうの看板を指さした。入ってくるときは見逃したが、そこには〈カリブ海子ども救護院〉と記されていた。

「いっそう申し訳ない気持ちだ」とピットが言った。

「前向きに考えろ」とジョルディーノが言った。「例の大きな爆発を起こした張本人はあんたなのに、ドリスにはそれを知られずに済んだ。せめてもの救いってやつさ」

101

道路をきっかり八〇〇メートル進んだところに〝ラ・パジュリ博物館(ミュゼ)〟という看板が出てきた。その入口を二〇〇メートルくらい通り過ぎた道路の端に、ピットはトラックを止めた。

「今夜は、忍びやかな行動とは縁がなかったな」車を置いていくとき、ジョルディーノが騒がしかったトラックのフェンダーをポンと叩いた。

博物館の入口へ引き返して敷地へ入ると、建物の前に緑色のピックアップトラックが駐まっていた。どっしりとした石造りの建物はもともと大農園の厨房として使われていたものだ。その左に母屋(おもや)の残骸があり、それといっしょに、一七六六年のハリケーンで破壊されたほかの建物の残骸もあった。

博物館の裏手に大農園のサトウキビを加工した精糖工場が残っていて、植物に覆われているその壁をピットは見つめた。

ジョルディーノがピットの腕を軽く叩いて反対方向を指さした。「共同墓地はこっちのようだ」と彼はささやいた。

彼の指さしたほうをピットが見ると、木々の向こうの空き地を携帯電話のライトの光が上下していた。二人はその林の中にそっと入り、空き地全体が見渡せる場所まで音をたてずに近づいていった。

小さな共同墓地が今にも崩れ落ちそうな石垣に囲われていた。上下に揺れている携帯電話のライトはブリジットのもので、彼女は墓地の中心に近いところの墓石を調べていた。

ピットとジョルディーノは藪の中から動かず、別の人間がいる気配がないかうかがった。

「武装しているのは三人いたが、全員、煉瓦工場に置き去りにしてきたっけな?」とジョルディーノがささやき声で訊いた。

「二人しか見ていない」

ブリジット一人しかいないと得心ができるまで、二人はもう何分か静かに待った。ブリジットから四メートルくらいまで近づいたところで彼女が彼らの気配に気づき、携帯電話のライトを向けた。

「どこ？……アンリはどこ？」

「煉瓦工場」とジョルディーノが言った。「倉庫のベイ。木々の中。それ以外にも一千くらいの場所へ飛び散った」

「うそ！」

ブリジットにも爆発の音は聞こえていた。木々の上に煙と炎が見えたし、工業団地の一帯から立ち上ったものであるのもわかっていた。彼女はがっくり膝をついてすすり泣いた。

彼女がへたりこんだとき、石垣の陰から人影がひとつ立ち上がり、ブリジットのそばへ歩み寄った。「言っただろう」男が彼女に言った。「アンリだったらここへは車で乗り入れるって」

男はライフルの銃身に左手を添えてゆったりと構えた。そこで顔をしかめ、これはどこか痛めている証拠だとピットは思った。

ブリジットは少し時間をかけて気を落ち着けたあと、瞳（ひとみ）を濡らしたまま立ち上がった。「これは奴隷たちの共同墓地よ。例の墓はここにあるにちがいない。ほかに何か知っていることがあったら教えてちょうだい」

彼女のていねいな物腰は特殊部隊の男には伝染せず、男は武器の銃口をピットの顔に向けた。

ピットはブリジットのそばの墓石を見下ろした。風化した文字が読みづらい。彼は腕組みをして特殊部隊の男をにらんだ。「まずひとつ、ここは見当違いだ」

「どういうこと?」とブリジットが尋ねた。

「ここは十八世紀と十九世紀に使われた共同墓地だ。その真ん中に未使用の区画はまずなかっただろう。ナポレオンが埋葬されたとしたら、境界線に沿ったところだ」

ブリジットはこの論理を受け入れて、ライトが点いた携帯電話を手に先に立ち、墓地のはずれを回った。一周してみたが、墓石の年代にはほとんど差がなく、頭の中に疑念が忍びこんできた。そのあと彼女は墓地の下端で、自分の目を引いた墓標の前に立ち止まった。ほかの墓石と同じく風雨にさらされ苔に覆われていたが、彫られている文字がちがった。字がまっすぐそろっておらず、雑に彫られた感じだが、周囲の墓石の文字よりくっきりした感じを受ける。

雑草の向こうに見えるのは死亡年月日だけだったが、それがブリジットをためらわせた。そこには一八二一年とあった。

彼女は近づき、ライトの光で墓石の裏側を照らした。

「使い回されているのか」と、特殊部隊の男が口にした。

ブリジットは墓石の裏側を見た。「ノア、一七八七年九月十二日」と彼女は読み上げ、次に表側へ移動した。

彼女は雑草を押し分け、表面を手で払った。浅く彫られた文字の上に長い年月をかけて積もった埃と苔を彼女の指がぬぐい去ると、さらに言葉が現れた。「ジャン・デペ、一八二一年」彼女の手が震えた。「ナポレオンが亡くなった年よ」

彼女はピットを見上げた。「彼だわ。間違いない。スルクフの乗組員は古い墓標を使い回してこの墓石に銘を刻んだのよ」

ナサルの死を知った苦悩が興奮の殺到に押しのけられた。彼女が特殊部隊の男に話しかけると、男は石垣に歩み寄り、博物館の展示コーナーで見つけてきた錆びたシャベルを二本持って戻ってきた。

「掘れ」と男は言った。ピットとジョルディーノの足もとにシャベルを放り投げ、銃を握り直した。

ピットとジョルディーノはシャベルを拾い上げて地面を調べはじめた。最近降った雨で土は軟らかく、簡単に掘り返すことができた。墓石近くまで地面を掘り、一二〇センチくらいの深さまで穴を掘り進めたところでピットのシャベルが硬い木材に当たった。

ブリジットがライトを掲げ、ピットはゆるんだ土をこすり取った。分厚い木の板と横木があらわになった。棺のなめらかな表面だとはとても思えない。

二人がさらに土を取り除き、端を回りこむように作業を続けていくうち、やがて上側全体があらわになった。大きな木箱だ。通常の棺の二倍くらいある。驚くほど頑丈なホワイトオーク材が使われていた。

ピットとジョルディーノがひと休みするあいだに、ブリジットは箱のそばを行ったり来たりして表面をつぶさに観察した。夜の蒸し暑さも手伝って、男二人はシャツから汗を滴らせていた。

「輸送用の透かし木箱(クレート)にちがいない」ブリジットが興奮気味に言った。「運搬に使われたものでしょう」

表面に〝開封厳禁(ヌ・パ・ウヴリール)〟〝危険(アザルデュー)〟というフランス語が印刷されているのに気がつき、ピットも同意せざるを得なかった。これは奴隷の墓ではない。

上面を仔細に観察するうち、ブリジットは下端の損傷箇所に気がついた。「底まで掘って、端のパネルが見えるようにしてちょうだい」と彼女は言った。「外して中を見られるように」

ピットとジョルディーノは木箱の端へ移動して掘りはじめた。五〇センチほど掘ったところで、二人並んで作業できるスペースがなくなり、ジョルディーノが溝の中に入って一人で掘った。

彼の好奇心の強さはブリジットに負けず劣らずで、木枠の底にたどり着くまで休みなく掘っていった。箱の前に大きなスペースを開けたあと、彼は穴から出てきて荒い息をついた。「仕上げはまかせた」と彼はピットに言い、立てたシャベルに寄りかかった。

ピットは穴に入って、木箱の底の継ぎ目にシャベルを押しこんだ。釘がギギッと音をたてて抵抗したが、彼はシャベルの柄に体重をかけて端を三、四センチこじ開けた。シャベルを次の側面にすべりこませて同じ努力を繰り返していくと、パネル全体が少しずつゆるんできた。シャベルを置いて木材を指でつかみ、木箱から引き抜いた。

ブリジットがライトを手に側面へ身を乗り出し、中をのぞきこんだ。中身は腐った防水布に覆われていた。「その覆いをはがして」と彼女は言った。

ピットが防水布の端をつかんだ……と、そのとき、彼らの周囲でだしぬけにライトが十個以上点灯した。光線の揺れ具合からみて、どれも小さな懐中電灯だ。その光が墓地の周囲にゆるやかな輪を描いていた。懐中電灯を手にした人々が前へ進みだし、墓を暴いた四人をじわじわ包囲してきた。

特殊部隊の男が墓石の後ろで片膝をつき、ライフルを肩に担(かつ)いだ。彼がライトのひとつに狙いをつけたとき、ブリジットが後ろから「だめ！」と叫んだ。

それは嘆願ではなく警告だった。男はブリジットを振り返った……そこで初めて、アーロン・ジャッジ（大リーガー）の握ったバットのようにジョルディーノのつかんだシャベルが振られるところが見えた。シャベルの刃を叩きつけられて、男は地面へ昏倒した。

ジョルディーノが男の武器を拾い上げざま、わきへ放り投げたとき、暗闇から「銃を捨てろ(ラシエ・トン・アルム)」という叫び声が響いた。

マルティニーク島警察の部隊がピットらの一団に迫り、銃を突きつけてみんなを囲んだ。次にその輪が広がり、できた隙間を二人の男が通ってきた。ガンとルフベリーとわかり、ピットとジョルディーノは呆気(あっけ)に取られた。

「きみたち二人が墓泥棒とはな」ガンはにやりとした。友人たちが生きているとわかった喜びに彼は顔をほころばせた。

「NUMAが給料をケチらなけりゃ、こんなことはしないのに」とジョルディーノが返した。

「われわれは文字どおり墓穴を掘っていたわけだ」とピットが言った。彼がうつぶせに倒れた男のほうを身ぶりで示すと、そこで男は意識を取り戻して上体を起こした。

警官二人が男に手錠をはめ、引きずるようにして立たせた。別の警官がブリジットをつかみ、両手を背中で固定した。

「われわれは一部始終を見ていた」ガンが暗視ゴーグルを掲げた。「この三十分間、ずっと今の場面を監視していた」

「どうしてもっと早く介入しなかったんだ?」ジョルディーノがたこのできた手をこすり合わせた。「おれたちの靴を泥まみれにせずにすんだかもしれないのに」

「きみたちが何を発見したか見たかったからだよ」ルフベリーがそう言って木箱に視線を向けた。

警察はブリジットを引き離そうとしたが、彼女は抵抗してもがいた。「待って。あの中に何があるか、私には知る権利がある」頬を伝い落ちる涙をぬぐいもせずに彼女は言った。

ピットがルフベリーを見てうなずいた。「彼女がいなかったら、われわれはここまでたどり着けなかった」

警官は彼女の腕を放し、全員が墓の中のピットを見た。彼は防水布を握り直して引きはがした。

懐中電灯の輪に照らされて、オーク材の特大の棺があらわになった。ピットはフランス王家のアヤメの紋章が描かれているそばを指関節でコツンと叩いた。

「ナポレオンくらいの体格の人間の棺にしては、少し大きい気がする」とガンが言った。

「いえ、これで合っている」ブリジットが目を輝かせて言った。「彼は入れ子状にぴったりはめこまれた六層構造の棺に納められているの。いま見てわかるように、いちばん外の棺はオーク材で造られていた」

「間違いない」畏敬の念もあらわにルフベリーが言った。「これに間違いない」

みんなが皇帝の墓を無言で見つめた。彼らの物思いは負傷した特殊部隊の男が漏らしたうめき声に破られた。

「連行しろ」とルフベリーが命じた。

ブリジットがまたあらがった。「その木箱には……ほかに何かないの？」

ピットが木箱に頭を突き入れ、棺の側面を手で探った。側面に押しこまれていた埃まみれの物体二つに手が突き当たった。彼は両方の取っ手を握って木箱から引っぱり出し、たくさんの懐中電灯の光にそれをさらした。一対のアルミケースで、側面にエドゥアール・マルタンのイニシャルがついていた。

「何だ、それは?」とガンが訊いた。

ピットがアルミケースを持ち上げ、ブリジットを見た。「ある人がベルギーへの旅から持ち帰ってきた手荷物だ」

102

イヴ・ヴィラールはルアーヴルにある秘密の隠れ処で配達人が帰るのをじっと待っていた。モーションセンサーが警告してきた若い男が近づいてくるのを、上階の小さな窓から注視していた。配達人は辛抱強く何分かドアベルを鳴らしていたが、ついにあきらめた。ドアのそばに小包を置いてスクーターにまたがり離れていった。ドアマットに置かれた小包には短いメモが付いていて、〝デュ・オック通り一三四番地L、夜十二時〟と記されていた。

ヴィラールは腕が震えるくらい拳に力を込めて紙をくしゃくしゃにした。捜査当局はこの隠れ処を知らないかもしれないが、ルブッフは知っているようだ。警察に劣らず危険な男だ。ヴィラールは小さなペントハウスの狭い書斎に入り、コニャックを注いでクッションの利いた椅子に座った。

アメリカから届いた報告書を見て、ナサルの仕事が無残な失敗に終わったことを知った。チーム全員が死んだと思われる。その点は救いだが、死者の中にナサルがいるかは定かでない。ヴィラールや彼の会社とのつながりは公表されていないが、いずれ突き止められるだろう。時間の問題だ。

当面の問題はルブッフだ。あの肥満男は融資したカネを取り戻したいが、それが戻ってこないと知ることになる。ヴィラールは椅子に座ったまま、コニャックがなくなるまで妻の写真を見つめた。午後十一時、彼は三つ揃いに身を包むと、いつもベストのポケットに入れていく金の腕時計の代わりに、コンパクトなブローニング・ベビー25オートマティックを入れた。製造から八十年が経つこの拳銃は彼の父親がルアーヴルの波止場に持ちこんだもので、父親を槍で脅した酔っ払いの港湾作業員を撃つのに使われたこともあった。

メモに記された海岸通りの住所までは三キロ強。ヴィラールはコニャックの酔いを冷ましがてら、歩いて行くことにした。霧のかかった夜の寒さを考え、軽いオーバーコートを羽織って、アパルトマンを出た。

ルアーヴルの二〇キロほど東でルブッフを監視していた警察の捜査チームは退屈しきっていた。マフィアの大物とおぼしき男は丘の中腹にある屋敷に二週間近く潜伏していた。高く厚い壁に囲まれた古い石造りの邸宅は尾根のてっぺんに立っていて、その近くには警察の車が隠れていられる場所がない。盗聴器が役に立たない丘のふもとの公園にとどまらざるを得なかった。

ところが午後十一時十五分、屋敷のゲートが横に開き、ルブッフの黒いBMWセダンが車寄せの私道から出て道路を進んでいった。監視チームは車に目を凝らしたが、わずかな交通量しかない深夜でもあり、あえてすぐ追跡しようとはしなかった。さいわい、彼らに追跡の必要はなかった。

何週間か前、ルブッフの車が信号の手前で止められているあいだに、GPS追跡機を取り付けておいたのだ。警察の監視チームはBMWが見えなくなってから自分たちのバンを発進させ、ラップトップで追跡していった。

BMWはルアーヴルの臨海部の中でもみすぼらしい一画へ向かい、輸送待ちの輸出品を保管するのに使われている大きな倉庫の前に駐車した。ルブッフと屈強そうな用心棒二人は尾行中のバンにまったく注意を払わず、無造作に建物へ入っていった。監視チームは倉庫の上の低い崖にユーティリティ道路を見つけた。運転手がコンクリートブロックの横にバンを駐めた。目視と音響監視にもってこいの場所だ。彼らが装置の準備をする間もなく、監視員が呼びかけてきた。

「灰色のスーツを着た男がその建物へ歩いていく」一分後、監視員は最新情報を提供した。「今、側面の開いたドアから建物に入った」

ヴィラールはドアのすぐ内側で用心棒二人に迎えられた。首が太く頭の禿げた男が念入りにではなく、ざっとボディチェックを行った。ベストのポケットに入れてきた拳銃は見過ごされた。ヴィラールは禿げ頭の男に付き添われて殺風景な玄関スペースを通り過ぎ、奥の倉庫に通じるスイングドアを通り抜けた。

洞窟のような空間はがらんとしていて、真ん中にオフィスチェアが二脚と小さなテーブルがひとつ置かれているだけだ。ルブッフが片方の椅子に体を押しこめていて、肥満体を支える椅子はいかにも苦しげだ。ぶかぶかの紫色のシャツに黒いズボン。ヴィラールの目には巨大なブドウのように見えた。

「時間どおりだな」ルブッフがヴィラールに、もう片方の椅子に座るよう身ぶりでうながした。「一人で来たか？」

「もちろんだ。歩いて遠回りをしてきたよ」

「たぶんまだ、捜査当局はあんたの小さな隠れ処を知らない」彼はしたり顔で言った。

「身を隠している相手は捜査当局だよな？」ルブッフの浮かべた笑みが頬からたるん

だ皮膚を引き上げた。ヴィラールが返事をせずにいると、ルブッフがまた口を開いた。「ニューヨークが襲撃された記事を見た。最近パリで起こった襲撃事件と似ている気がしないか？」

ヴィラールはおだやかな表情で素っ気なく肩をすくめた。ルブッフは思った以上に状況を把握しているが、ひとまず問題はそこではない。「私たちの沖合帯水層への需要が加速するよう願っていた」

「警察はその線からあんたにたどり着くかもしれないし、たどり着かないかもしれない。いずれにしても、そこからわれわれには、あんたの借金という問題が投げかけられる」とルブッフは言った。「その借金をあんたは延滞している」

ヴィラールはあごが胸につくくらい重々しくうなずいた。

「あんたの会社に残っている資産の売却を、おれは引き延ばしてきた」とルブッフが言った。「価格は三千万ユーロ、それで貸し借りなしだ」

「沖合のリース権とインフラからの収入で、数週間後にはその金額をまかなえる可能性がある」

「あんたに経営を任せているうちは難しそうだ、アンリの悪事への関与が何ひとつ暴かれずにすむというなら話は別だが。どうあれ、今のところは買い手市場で、今のが値段だ。書類を作成してきた」彼はテーブルの上を身ぶりで示した。「あんたが望むならと考えて、ギリシャの目立たない土地へ旅する手配もした。そこなら、気づかれることなく安上がりに暮らせるそうだ」

それ以上のことは望めないと、ヴィラールにもわかってはいた。寛大な提案と言ってもいいかもしれない。だが、それでもまだ彼の口の中には嫌な味が広がっていた。

彼は契約書を手に取った。署名のページまでめくり、名前をサインしてテーブルの反対側へポイと投げ返した。

「いっときは儲かったが」彼はため息をついた。「密輸は私向きの事業ではなかった」

「まあ、たしかに」ルブッフは頭の禿げた用心棒にうなずきを送った。

男はヴィラールの椅子の後ろに歩み寄り、老人の喉に絞殺用ロープを落とした。それをきゅっと引いてヴィラールを椅子から引っぱった。

ヴィラールは引かれるままロープをつかんだ。気管がつぶれる感触があり、脳への血流が妨げられるにつれて目の前に点々が浮かんだ。ロープを放して、ベストのポケットを探り、ブローニングに触れた。握りに指を巻きつけ、耳に沿って持ち上げ、後ろに銃口を定めて引き金を絞った。

弾は禿げ頭の額を直撃した。首を絞めていた手からロープがすべり落ち、男は後ろへ倒れて床に激突した。

ヴィラールはゼーゼー息を切らして咳きこみながら、貴重な酸素を吸いこんだ。その目にルブッフのぶよぶよした体が像を結んだ。ルブッフは椅子に収まったまま顔を引きつらせていた。ヴィラールの後ろでドアが開き、もう一人の用心棒が足を踏み出したが、ボスを守るには距離がありすぎた。

ヴィラールはルブッフに拳銃の狙いをつけて四度発射した。太った男は椅子の中で体をのたくらせ、締まりのない太い腕をヴィラールのほうへ持ち上げて、いまわの際に汚い言葉を吐き連ねた。

ヴィラールは相手が死ぬのを見届けはしなかった。ブローニングの銃身を自分の心臓に押しつけ、最後にもういちど引き金を絞った。

最初の銃声が聞こえた時点でフランス警察の監視チームは応援を要請し、パトカーが一台、即座にそれに応えた。建物から逃げていくルブッフの二人目の用心棒を制服警官たちが捕まえ、そのあと血まみれの現場を捜査した。

「男性三人が死亡（トロワ・オム・モール）」と、三人全員が床に倒れて死んでいるのを見つけたチーム指揮官が報告した。

エピローグ

103

四週間後

聖王(サン・ルイ)が一〇〇メートル下に置かれた空っぽの石棺を見下ろしていた。十三世紀フランスの王の肖像画は一六九二年から〈アンヴァリッド〉の屋内キューポラに飾られてきた。ルイ九世がナポレオン・ボナパルトの遺体収容を見守るのは歴史上二度目のことだった。

フランスのお歴々と各国首脳から成る選ばれた集団が全員黒のスーツに身を包み、下の納骨堂でそれぞれの席に着いた。ピットとジョルディーノは最高のながめが約束された最前列、ダークとサマーは二人の後ろの席にいた。ピットとジョルディーノの胸には赤いリボン付きの勲章がピン留めされていた。レジオン・ドヌール勲章だ。ナポレオンが一八〇二年に創った白い五陵星形のメダルは、フランスが民間人と軍人に授ける最高章だ。ピットとジョルディーノは数分前、私的なセレモニーでフランス大統領からこの栄誉を授けられていた。

パリッとした青い制服を着こんだ共和国親衛隊の精鋭たちが静かに部屋へ足を踏み入れ、旗に覆われた車輪付き担架でナポレオンの重層的な棺を導き入れた。彼らは一糸乱れず、棺を仮設傾斜路から石棺の中へ運び入れた。

パリの大司教が〝納棺の儀〟の朗唱を行い、そのあとにフランス大統領のスピーチが続いた。思ったとおりの長話になり、終わる前に眠りこんだジョルディーノをピットが肘でつついて起こすはめになった。ようやく石棺の蓋(ふた)が閉じ直され、偉大なる皇帝は永遠の眠りの再開を許された。

建物内で特務警護隊を率いたシャルル・ルフベリーが式典後、アメリカ人二人に近づいた。「ひと言お祝いを言わせてください」と彼は言い、勲章を見つめた。「今日はフランスの歴史にとって、きわめて重大な日です」

彼の話は、ピットとジョルディーノに最後のひと言をかけようと割りこんできたフランス大統領によって中断された。「新たな水源の特定に関し、NUMAが引き続きわが国を支援してくれるよう願っています」と大統領は言った。

「今回の出来事にも明るい兆しはあります」とピットが言った。「ルフベリー警部の許可を得て、われわれは〈ラヴェーラ・エクスプロレーション〉の調査記録を精査しました。彼らが石油調査中に世界のあちこちで見つけた数多くの沖合帯水層を特定することができました。ご存じのように、そのひとつはノルマンディー沖にあります。こうした場所で責任を持って真水を利用するにはどうしたらいいか、NUMAが詳細に調査して評価を提供いたします」

大統領はピットとジョルディーノに感謝の言葉を述べて握手した。そのあと補佐官の一団が急いで大統領を建物から引き上げさせた。

ジョルディーノがルフベリーに顔を向けた。「おたくの監獄から、長い道のりだった気がする」

「ありがちな状況ですが、私たちは事実を全部つかめないまま動いていた」ルフベリーは言った。「しかし、あなたたちのおかげで、わが国にマフィアの活動まで呼びこんだ事件を解明することができました」彼はダーク・ジュニアに顔を向けた。「釈放後、またフランスへ来ていただいたことを、とりわけうれしく思っています」

ダークはぐるりと腕を回してうなずいた。「初めて訪れたときよりしっかり景色を楽しむことができました」

ピットは石棺に歩み寄って、下のほうを撫でた。「彼がスルクフに取り残されていなかったのは幸運だった」

「スルクフで亡くなった船員たちに敬意を捧(ささ)げるため、〈国立廃兵院(アンヴァリッド)〉にひとつ記念館が加わる予定だそうですよ」とルフベリーが言った。

　ピットは警部に向き直った。「ブリジットはどうなります？」

「聞くところでは、共謀罪とあと二つの小さな罪で最低限の判決を言い渡されることになるでしょう。捜査にとても協力的だったし、自分の関与をすぐに認めて不適切な判断を謝罪してもいる。こういう場合、法廷は一定の慈悲を示す傾向があります」

「彼女はもともと、根っからの犯罪者ではなく、愛の犠牲者だったと信じています」

ピットは腕時計を見た。「申し訳ないが、空港に妻を迎えに行かなくてはならない。一時間後にオルリー空港に着く予定なんです」

「車で送りましょうか？」とルフベリーが尋ねた。

「いや、別に車を待たせています」ピットは警部と握手をしたが、ルフベリーはもう少しだけ彼を引き留めた。

　フランス国家警察の警部はピットに体を寄せて、声を低めた。「ベルギーのダイヤを私の報告書から割愛するのが手続き違反なのは承知ですが、フランスがこれだけお世話になったのだし許されるだろうと考えました。好奇心でお訊きするだけですが、あれはどうされました？」

「ダイヤですか？　見つけた場所に置いてきましたよ。マルティニーク島に」

ルフベリーはぽかんとした顔でピットを見た。

「フランス万歳（ヴィーヴ・ラ・フランス）」と、ピットはさよならの代わりに言った。

ピットは〈アンヴァリッド〉を出て正面階段を大股で下りていった。歩道でアラン・ブルッサールが彼を待っていて、縁石前に明るい青色のブガッティが停まっていた。ブルッサールはピットにキーを渡し、二人で車に乗りこんだ。

ピットはブガッティのエンジンをかけ、モーターの回転数を上げて荒々しい排気音に耳を傾けた。

「試験走行の準備はいいですか？」とブルッサールが訊いた。

「もちろん（メ・ウィ）」ピットは茶目っ気たっぷりの笑みを浮かべてクラッチをつなぎ、皇帝の住まいに一対の黒いタイヤの長い跡を残していった。

104

クレーンの運転手が凝った装飾をほどこされた大きな妻壁を持ち上げ、その額から汗を滴らせた。彼に汗をかかせているのはマルティニーク島の蒸し暑さではなく、彼の一挙手一投足を監視している強情な女性の存在だった。この女性は初日から建設チームの仕事をこき下ろし、改築の細部を一から十まで指揮してきた。

「一日じゅうそこにぶら下げておくつもり？」風の吹く中にゲーブルがぶら下がっているのを見て、彼女は大声で言った。

「いや、ちがいます。落ち着くのを待っているだけです」

運転手は起伏レバーを少しずつ動かし、三角形の壁面を建物のてっぺんへ持ち上げた。作業台に乗った二人がジグソーパズルのピースのようにしかるべき場所へ一枚パネルを誘導していく。二階建て校舎の頂点だ。このあとは、仕事の仕上げに屋根職人が呼び入れられる。

起伏ワイヤーが解放されると、運転手はブームを地面に下ろした。

「よろしい」ドリスが言った。「さあ、この乗り物をここから出して。出ていくとき、新しいサッカー場を踏みつけないようにね」

「承知しました（イエス・マム）」とクレーン運転手は言った。

花柄のスカートを穿いたクレオール人の女性はクレーンの道筋を外れ、完成間近の建物を見上げた。近くの新しい寄宿舎二棟とともに、フランス大農園様式で建てられた。新しい寄宿舎は、かつて〈カリブ海子ども救護院〉の土地に立っていた、タール紙を使った旧寄宿舎から建て替えられたものだ。

新しい家屋には明るいたんぽぽ色（ダンデライオンイエロー）のペンキが塗られていた。彼女が見つけてきたいちばん幸せな色だ。校舎は威厳のあるクラウドホワイト色と決めていた。

女性は改修計画をまとめたクリップボードを見直した。これを常時携行している。新しい寄宿舎と運動施設は完成済みで、校舎の完成は一カ月後。最後の仕事は石造りの古い家の修復で、これは託児所と教員用住宅に改築する予定だ。どれも彼女の予想より早く実現した。

クリップボードのいちばん下に、すべてを導いてきた簡潔な手書きの指示書があった。匿名の寄贈者が玄関前の階段に置いていったダイヤのケース二つに押しこまれていたものだ。

評判のいい仲買人を通じてこのダイヤが売却されたあと、今回の慈善活動の役員を務めるヴァージン諸島の弁護士が児童養護施設寄贈のお膳立てをした。一千万ドルはマルティニーク島現地の設備投資に充てられ、残る四千七百万ドルが運営基金となる。この寄付は予想外であったと同時に、大きな変革をもたらすものでもあった。

設備の改築と改修がほぼ完了した今、ドリスはこの寄付に付いてきた短い指示リストの残りを改めて見た。島の自然を勉強する校外見学用のバスを一台手に入れること。子どもたちみんなにフランスの歴史を教えると同時に、海洋学の授業も設けること。

ドリスは頭の中でこれらの項目にチェック済みのしるしを付けた。新しいバスは注文済みで、両科目の有資格教師も雇った。リストの残りは一項目。これは興味深い要請だったが、無視するつもりは毛頭ない。特に、指定の期日が間近に迫っているだけに。

毎年、ゲスト講師にピットという名のアメリカ人紳士を招くこと。なぜかこの訪問日は三月九日と指定されていた。マリー・ジョゼフ・ローズ・ド・タシェ・ド・ラ・パジュリがナポレオン・ボナパルトと結婚した記念日だった。

訳者あとがき

クライブ・カッスラーのダーク・ピットシリーズ最新刊『コルシカの幻影を打ち破れ』（原題 *The Corsican Shadow*、二〇二三年、G・P・パットナム・サンズ刊）をお届けする。

カッスラーのダーク・ピットシリーズは一九七三年発表の『*The Mediterranean Caper*』邦題「海中密輸ルートを探れ」に始まり、七六年発表の大ヒット作品『*Raise the Titanic!*』邦題『タイタニックを引き揚げろ』（その後映画化）などを経て、今回で二十七作目となる。前作『悪魔の海の荒波を越えよ』から、クライブの息子ダーク・カッスラーが単独で執筆しているが、長く親子で共著を続けてきただけあって評価も上々、快調なシリーズが継続している。

主人公ダーク・ピットは米空軍で武勲をあげたあと、国家海中海洋機関（NUMA）で数々の冒険を経験、現在はＮＵＭＡ長官を務めている。世界各地で海洋環境に関する調査を行いながら、さまざまな遺物を探し当てるいっぽうで、その明敏な洞察力と、驚異的な行動力、何事にも動じない胆力を発揮して数々の巨大な陰謀をくじいてきた。ＮＵＭＡでの相棒は水中技術部長のアル・ジョルディーノで、気の合った親友どうしならではのウィットやアイロニーに富んだ会話が物語の絶妙なスパイスになっている。さらに、次官のルディ・ガンやコンピュータ処理センターを統括するハイアラム・イェーガーら、長年にわたる仲間たちがしっかりとわきを固め、ピットを支えてきた。息子のダーク・ジュニアと娘サマーもＮＵＭＡの一員として活躍。彼らとの連係プレイも物語の見どころだ。

今回、ダーク・ピットのチームは、英仏海峡で、フランス人の若い女性科学者をまじえて、第二次世界大戦中に沈没した船を探す計画を進めていたが、ちょっとした事故から海底に潜水することとなり、偶然、沈没船を発見、船内でダイヤモンドの原石を発見する。工業用なのでそれほど価値が高いわけではないはずだが、なぜかその原石を狙う強奪団が出現。そこからピットたちは、驚くべき歴史の謎と、危険な敵の存在を知る。

歴史の謎は、第二次世界大戦中にパリの軍事博物館学芸員が、ドイツ軍から「フランスの魂」を守るために決死の思いで運び出した宝物で、ピットたちはその行方と正体を追うことになった。

世界の大都市の重要インフラに照準を定めた謎の勢力の暗躍。窮地に陥るダーク・ジュニアとサマー。ピットは子どもたちを救い出し、敵の破壊活動を阻止できるのか? パリとニューヨークで展開するアクションは、現地の地図を手元に置いてお読みになるといっそう臨場感が増すにちがいない。訳者もデジタルマップに大いに助けられた。

カッスラーのシリーズならではの遊び心も健在だ。クライブ・カッスラー本人を作中に登場させるいたずら心や、クラシックカーのマニアであるピットが貴重な車を手に入れる場面がそれで、もちろん本書でもその点をお楽しみいただける。

今回の訳出では、筆者の引いた物語の設計図の精密さに驚かされた。計算し尽くされたプロットを個性豊かな登場人物たちが引っ張り、サービス精神たっぷりの展開で手に汗握らされる。まさしく海洋冒険小説の王道と、その堂々たる書きっぷりに拍手を送りたくなった。陰謀の題材も現代世界が抱える急所を鋭く突いたもので、その視点とアンテナの感度の高さにうならされた。本シリーズならではの魅力を結集した物語を、どうかたっぷりとご堪能いただきたい。

最後になりましたが、ダーク・ピットのシリーズを長く訳してこられた中山善之氏が引退され、今回から翻訳を引き継ぐことになりました。邦訳シリーズを支えてこられた氏の素晴らしいお仕事に感謝すると同時に、微力ながら今後のシリーズの紹介に尽力する所存です。

二〇二四年十二月

◉訳者紹介　**棚橋 志行（たなはし　しこう）**
英米文学翻訳家。東京外国語大学外国語学部卒。訳書に、カッスラー『ポセイドンの財宝を狙え！』、ハンター『フロント・サイト 2　ジョニー・チューズデイ』、ステック『燎原の死線』（以上、扶桑社海外文庫）、トムセン『UFC 帝国戦記』（亜紀書房）、グリーン『サヴァナの王国』（新潮社）、他多数。

コルシカの幻影を打ち破れ（下）

発行日　2025 年 1 月 10 日　初版第 1 刷発行

著　者　クライブ・カッスラー　ダーク・カッスラー
訳　者　棚橋志行

発行者　秋尾弘史
発行所　株式会社 扶桑社
〒 105-8070
東京都港区海岸 1-2-20　汐留ビルディング
電話　03-5843-8842（編集）
03-5843-8143（メールセンター）
www.fusosha.co.jp

印刷・製本　中央精版印刷株式会社

定価はカバーに表示してあります。

ISBN 978-4-594-09784-4　C0197